KB090361

길 위의 시간

김윤경金允京

울산에서 태어났으며 울산대학교 대학원에서 국
어국문학을 전공했다. 2016년 동서문학상 〈알
혼섬에 묻다〉가 입선하면서 글쓰기를 시작했고
2019년 한국문인협회 《월간문학》 신인작품상에
소설 〈레몬과 오렌지〉가 당선되어 등단했다.
오지를 찾아다니다가 여행 큐레이터가 되어 관
광객을 인솔하여 해외에도 자주 나간다. '여행
보내주는 여자(https://band.us/@mir7317)'로 활
동하며 울산제일일보에 여행 칼럼 '김윤경의 여
행 스케치'를 연재 중이다. '나를 찾아 떠나는 여
행'이라는 타이틀로 자서전 쓰기와 한국사 강의
도 한다. 여행을 통해 존재의 의미를 묻는 글을
쓰면서 또 다른 여행을 즐기고 있다.

김윤경
소설집

길 위의 시간

휴엔스토리

차례

레몬과 오렌지 ‥07

내 안의 산 ‥33

알혼섬에 묻다 ‥59

소금꽃 ‥85

티베트에서의 7일 ‥111

조팝나무 꽃 ‥139

조금 아는 사람 ‥167

김 노인의 피댓줄 ‥193

작가의 말 ‥216

레몬과 오렌지

$*$

　　ㄷ디어 오늘 일정이 끝났다. 민준은 배정된 302호에 들어서자마자 캐리어를 벽면으로 밀고 침대에 들썩 누웠다. 맞은편 벽에는 낮에 본 고흐의 해바라기가 걸려 있다. 암스테르담 미술관에서 모조품이 많은 그림이라고 들었다. 다양한 붓놀림으로 새로운 채색법을 터득해 생전에 유일하게 판 작품이라고 했던가. 해바라기의 바깥 꽃인 노란색의 혀꽃이 서빈을 닮았다면 안에 있는 짙은 주황색의 작은 통꽃은 정희를 닮은 듯했다.

　　제주에서 고흐의 야스다 해바라기를 보고 서빈은 눈물을 글썽이며 해바라기 전설을 얘기했다. 물의 요정 클리티에가 태양신 아폴론을 온종일 그리워하며 짝사랑을 했다. 클리티에는 해가 뜨면 올려다보기 시작하여 해가 질 때까지 오직 해만 바라보며 기다림으로 살았다. 자신의 눈물과 이슬로 배를 채우며 아흐레 동안을 지내다가 마침내 한 송이 해바라기 꽃이 되고 말았다는 것이다. 아는 이야기지만 민준은 서빈이 더 사랑스럽게 보여 다 듣고 안아 주었다.

벽에 걸린 이 빨강을 품은 크롬옐로우 해바라기가 민준의 가슴을 두근거리게 했다. 서빈 생각이 간절했다. 그녀를 안고 누워 있으면 더 행복할 것 같았다. 아담한 키와 호빵처럼 한 손에 딱 들어오는 젖가슴이 그리웠다. 눈을 감고 뒤척이다 보니 그녀의 얼굴이 방금 옆방으로 들어간 정희의 얼굴로 다가왔다. 민준은 정희에게 와인 한잔하기로 한 것, 지금이 어떠냐고 톡을 보냈다. 정희가 마르지도 않은 머리에 방금 씻은 모습 그대로 들어왔다.

액자 속의 해바라기 꽃잎은 말미잘처럼 촉수를 뻗치며 꿈틀거리는 듯했다. 벌을 유혹하는 빛의 고리인 혀꽃들이 한 잎 두 잎 떨어진다. 작은 통꽃 안에 황금 비율로 이루어진 검은 씨방에는 벌들이 유선형을 그리며 소용돌이를 이루고 있는 것처럼 보였다. 큰 벌 한 마리가 꿀을 빨아들이고 있다. 가운데 꿀단지에는 오렌지유인 테르펜과 리모넨 냄새가 흘렀다. 통꽃의 아득한 검은빛은 점점 밝게 빛났다. 눈부신 황금빛을 미세하게 변화시켜 층층이 덧칠한 색 위의 색으로 생명을 느끼게 한다.

민준은 복학하고 참석한 과별 신입생 환영회 때 정희를 처음 보았다. 그녀는 동그란 큰 눈에 짧은 단발머리로 새내기답게 싱그러워 보였다. 그녀의 큰 눈을 보면 초등학교 때 가지고 다녔던 돋보기가 생각났다. 갖다 대면 뭐든지 확대되어 환히 보였다. 잎사귀 결 모양에서 돌멩이에 붙은 애벌레 집까지 보였다. 그러다 싫증이 나면 햇빛에 비춰 개미를 죽이기도 했다.

정희의 큰 눈이 민준의 마음을 이미 읽어 버린 것 같은 느낌이었다. 그녀는 수줍은 표정으로 민준을 지나쳐서 갔고 가끔은 눈인사를 했다. 멀리서도 그녀의 노란색 스웨터가 눈에 띄었다. 한동안 보이지 않아 궁금해하면 어디선가 나비처럼 나풀거리며 가고 있었다. 정희에게 설레는 자신을 보며 민준은 마음이 조용하게 가라앉길 기다렸다. 집안 문제로 여자를 사귀는 일은 꿈도 꾸기 싫을 때였다.

학부에서 시간 강사를 하며 박사 과정을 밟고 있을 때 정희가 대학원에 들어왔다. 정희는 대학을 마치고 임용고시에 합격해서 초등학교에 발령을 받았다. 그새 많은 논문이 쏟아져 나왔다. 대학에 몸담은 민준보다는 정보가 늦을 수밖에 없었다. 다시 설렘이 시작되자 민준은 전공도 같으니 세미나 주제나 자료가 필요하면 물어보라고 했다. 열람실에 자리가 없으면 자기 연구실을 이용해도 되고, 도움이 될 관련 자료가 방에 많이 있다고 덧붙였다.

일이 끝난 늦은 저녁 시간에 연구실에서 같이 지내는 시간이 많아졌다. 하지만 파티션이 중간에 있어 방이 두 개로 나눠진 것처럼 보였다. 논문 발표 시기가 다가오자 먹고 자는 시간도 아까워 학교 앞에 개인 연구실 겸 숙소를 구했다. 주말에는 정희도 여기서 밤을 새웠다. 자정이 지날 때쯤 졸음이 몰려와 민준은 하품하며 기지개를 켜다가 인형 같은 여자가 있어 깜짝 놀랐다. 정희는 있는 듯 없는 듯 조용했다. 화장실에 가면서 민준은 흘깃 그녀를 훔쳐보며 지나갔다. 다시 올 때도 그녀는 흐트러짐이 없이 똑같은 자세로 책을 보며 뭔가를 열심히 노트북에 저장하고 있었다. 졸리면 잠을 깰 겸 정희에게 말을 건넸다. 민준은 자신의 이야기를 먼저 꺼내고는 말끝에 너는? 하고 정희에게 물었다. 그녀도 민준의 이야기를 들은 터라 자신의 이야기를 마지못해 했다. 시간이 가면서 서로의 이야기를 조금씩 하게 되었다.

바쁜 민준에게 미안하고 밥 먹는 시간도 줄이려고 주말에는 정희가 도시락을 싸 왔다. 솜씨 좋은 그녀의 어머니가 여러 가지를 살뜰하게 만들어 보냈다. 세련된 요리들이 많이 있었다. 흑임자를 섞은 연근 튀김, 파슬리를 다져 튀김옷을 입혀 빨간 꼬리만 살짝 보이는 새우튀김도 일식집보다 맛있었다. 콩나물장조림이나 견과류를 섞은 멸치볶음에서도 깊은 맛이 났다. 언제나 민준은 먼저 "밥 먹고 합시다."를 외쳤다. 마치 밥을 못 먹고 사는 사람처럼. 식사 시간만큼은 마주 볼 수 있어서였다.

정희도 시간이 갈수록 번역되지 않은 한자 원문을 볼 때나 초록을 작성할 때도 민준에게 도움을 청했다. 지도교수가 지적한 문제를 의논하고 조언을 구하기도 했다. 논문 발표회 날, 처음 하는 일이라 정희가 긴장을 할 것 같았다. 전날 민준은 긴장 완화에 좋은 복식 호흡까지 가르쳐 주었다. 힘내라고 이모티콘을 보내며 서로 격려했다. 그 뒤 먼 길을 갔다 온 것 같기도 했다. 민준은 발표를 끝내고 교수들과 저녁을 먹은 뒤에 연구실로 왔다.

새벽까지 불이 켜졌던 방은 이제 캄캄했다. 블랙홀에 빠진 것처럼 어둠과 정적이 삼켜 버린 것 같았다. 민준은 밖으로 나왔다. 네온 사이로 차들이 미친 듯이 달리는 모습을 보니 조금은 위로가 되었다. 정희에게 전화를 했다. 그녀는 자는지 받지 않았다. 혼자만의 생각인 것 같아 쓸쓸한 마음으로 끊었다. 친구들은 둘 다 논문 쓰면서 연애는 안 했냐고 놀렸다. 할 시간이 없었다고 말하면 멍청하다고 웃었다. 많은 사람의 추측에도 불구하고 둘은 논문만 끝냈다. 새들이 몇 시에 일어나는지를 알게 되었을 뿐.

민준은 수업이 끝나고 연구실로 갈 때마다 그녀가 기다리고 있을지 모른다는 생각을 했다. 서둘러 문을 열면 텅 빈 공간에는 모든 소리가 잠식돼 있었다. 정희의 향기는 나지 않고 곰팡내만 났다. 이제 그녀가 올 일이 없지. 전전긍긍하며 민준은 자신을 달래었다. 꼬박 일 년을 같이 보냈는데 무심한 그녀가 미웠다. 참다못해 아무 일 없다는 듯이 저녁에 전화를 했다.

"바빠서 미루어 둔 일 하고 있어요."

"어떤 것?"

"친구도 만나고, 영화도 보고, 여행도 가고……."

민준은 섭섭했다. 전화도 한번 안 하냐, 하는 말을 침으로 뭉쳐 꿀꺽 삼켰다.

"좋겠다. 내 생각도 좀 하지."

그녀는 아무 말도 하지 않고 조용했다. 숨이 막힐 것 같을 때 작은 목소리가 들렸다.

"사실은 좀 허탈해서, 아무것도 못 하고 멍하니 있어요. 끝나고 나니 허무해요, 그 많은 시간과 노력이."

"그래도 책 한 권이 남았잖아."

"누가 봐요? 아무도 안 봐요."

"전공자들의 연구에 도움이 되지. 그렇게 쌓여 가는 거지."

우리의 사랑처럼, 이라는 말을 입속에서 녹였다. 다시 조용해지자 "잘 자" 하며, 곤두섰던 감각들을 내려놓고 깊은숨을 내쉬었다.

다음 날 그녀의 번호가 전화기에 떴을 때 손이 떨렸다. 가슴이 두근거렸다. 오후에 들른다는 말에 표정이 밝아졌다. 온 세상이 말갛게 씻고 나온 듯했다. 민준은 왕방울 같은 눈으로 고개를 끄덕이며 진지하게 자신의 이야기를 듣는 그녀를 빨리 보고 싶었다. 신이 나서 강의할 때도 웃음이 절로 나왔다. 그녀는 신입생 때처럼 노란색 털 스웨터를 입고 머리카락을 찰랑거리며 연구실에 나타났다. 민준은 그녀를 덥석 안았다. 오래오래 안고 싶었다. 가만히 있던 그녀가 몸을 비틀었다.

"참 좋다. 내내 이러고 있었으면."

그녀가 다시 안기며 등을 토닥거렸다. 옅은 레몬과 프리지어를 섞은 듯한 그녀의 체취에 침이 고였다. 그녀를 통째 먹고 싶은 충동을 느꼈다. 민준이 그녀의 이마에 입술을 갖다 대었을 때 그녀는 눈을 감았다. 눈언저리에 닿았을 때는 그녀의 온몸이 미세하게 떨리는 것을 느꼈다. 까치발을 든 그녀를 번쩍 들어 자신의 허리춤에 두 다리를 올려 꼬게 했다. 언젠가 공원 연못에서 수련 잎사귀를 건너던 새끼 오리처럼 작고 가벼웠다. 그녀의 입술은 푸딩 같고 긴 입맞춤은 끝없는 터널 속을 헤매는 듯했다. 이윽고 하나가 되었을 때 모든 것이 딱 멈춰 버렸다. 민준은 그날의 느낌을 잊지 못했다. 그 추억으로 지금까지 왔는지도 모른다.

민준은 집에 오면 습관적으로 컴퓨터 모니터를 켰다. 텔레비전으로 고정돼 있었다. 어제 이리저리 채널을 돌리다가 놓쳤던 액션 영화를 늦게까지 보고 잔 기억이 났다. 유명한 시사 프로그램에서 개명이라는 주제를 다루고 있었다.

사주팔자나 관상과 함께 이름도 그 사람의 운세를 결정하는 데 중요한 역할을 한다는 생각들이 지금까지도 이어지고 있습니다. 비

과학적이라는 말에도 불구하고 여전히 사람들이 좋은 이름 짓기에 관심을 기울입니다. 올해 개명 신청자의 비율이 작년 대비 10퍼센트 이상 늘어났습니다. 연말과 연초가 되면 새로운 이름을 가지려고 법원에 개명을 신청하는 사람들이 몰리고 있습니다. 법원의 개명 허가 기준이 완화된 까닭도 한몫하고 있는데요…….

많은 사람들이 개명하고 있다고? 나도 개명하고 싶다. 새로운 운명으로 살 수 있다면…… 민준은 혼잣말을 하며 욕실로 들어갔다. 기회가 왔을 때 이를 잡지 못해 새로운 삶을 포기한 게 아닌가, 하는 생각을 했다. 인터뷰하는 소리가 나고 리포터의 목청 높은 음성이 생경하게 들렸다.

스킨을 약간 신경질적으로 난타 치듯 소리 나게 두드리곤 민준은 화면을 컴퓨터로 전환해 버렸다. 정희와 저녁 먹고 차도 마셨지만 지루하고 답답했다. 창 너머 헤매던 시선이 이제는 각자 핸드폰만 보다가 헤어졌다. 이 인연이 끊어질 것 같으면서 10년이 넘게 이어져 왔다. 그러면서 그녀의 웃음도 줄어들고 있다. 추억은 지나간 드라마처럼 시간 속에 묻혔다. 연애에 책임과 의무를 져야 하나? 민준은 정희와 끝내야겠다는 생각을 몇 번 해 보았다. 딱히 맘에 드는 여자도 없고 알아서 해 주는 그녀에게 길들어져 익숙하고 편했다. 그런데 요즘 정희의 결혼 타령이 갈수록 심해지는 것 같다는 생각이 들었다.

피곤해서 쉬고 싶을 때 정희의 전화가 오면 은근히 짜증이 나서 받지 않을 때가 많았다. 오전 수업 끝나고 또 전화가 왔다. 저녁 먹자고 했다. 알았다고 대답은 해놓았다. 돌아서서 "귀찮아" 하며 혼자 중얼거렸다. 한참 후에 학과 모임이나 세미나가 있는데 잊고 있었다며 문자를 보내기도 했다. 그리곤 집으로 와서 책을 보다가 집중이 잘 안 되면 영화를 보았다. 미안한 생각이 들 때도 있었다.

정희 어머니가 민준에게 보자는 문자를 보냈다. 민준은 가서 할 말도 없고 죄인 취급 받기 싫어 바빠서 시간이 안 난다고 답을 보냈다. 정희도 옛날의 그녀가 아니었다. 초등학생 대하듯이 잔소리를 하고, 때론 징징거렸다. 말 많은 옆집 아줌마처럼 보일 때도 있었다.

"엄마가 계속 결혼 타령을 하는 거야."

민준의 눈치를 살피는 정희를 모른 체하고 듣고만 있었다.

"사진 들고 왔더라. 사십대 초반인데 잘생겼어, 선배보다 조금 못하지만. 유학 갔다 와서 결혼이 늦었대. 컴퓨터 회사 전무라는데 아주 유능하다나."

은근히 압박하는 정희가 짜증났다.

"우리 엄마가 선배 데리고 오래!"

"결혼할 맘 없다는데 왜 그래?"

"안 하려면 헤어지라는데."

둘 다 결혼하지 말고, 편할 때 보자고 무언의 합의가 되었지 않았나? 지금 와서 엄마 핑계를 대니 어쩌란 말인지.

민준은 결혼 이야기만 하면 할 말이 없었다. 그래서 여자 사귀는 것을 피했다. 이럴 때 어디론가 가 버리고 싶었다. 형도 이혼하고, 누나도 이혼한 걸 보고 민준은 자기도 제도권 안에서 허우적거리며 살기 싫었다. 그래서 결혼이라는 단어를 머리에서 지워 버렸다. 누나는 곧이어 재혼을 했지만 전처 아이들과 누나 아이들 문제를 옆에서 듣기만 해도 머리가 아팠다. 심지어 조카들을 부모님이 떠맡는 바람에 민준은 논문 핑계를 대고 원룸을 얻어 나왔다.

여행 사이트에 들어가서 얼리버드 특가를 봤다. 여름휴가를 유럽에서 보내는 것은 생각만 해도 기분이 좋은 일이다. 정희와 권태기를 한 방에 날릴 수 있는 찬스라는 생각으로 몇 시간째 괜찮은 상품을 찾고 있었다. 성수기 때 예약하는 것보다 30퍼센트 정도 싼 것 같았다. 민준은 그녀에게 결혼하지 말고 신혼여행을 가자고 말할 참이다. 그래도 두 사람의 일주일 유럽 여행비는 적지 않는 금액이었다. 팔베개를 하고 침대에 누웠다. 친구는 유럽으로 여행을 갔다며 심란해하던 그녀의 모습이 떠올랐다. 예전 드라마와 영화를 좋아하는 그녀는 〈미드나잇 인 파리〉, 〈퐁네프의 연인들〉, 〈파리의 연인〉, 〈더 패키지〉에 나오는 장면을 노래로 불렀다.

달팽이 요리를 먹고, 몽마르트르 언덕에서 에스프레소를 마신다. 테르트르 광장의 늙은 화가는 정희와 민준을 그린다. 둘은 한껏 미소를 지으며 손을 꼭 잡고 있다. 시간이 지날수록 사골의 뼈같이 하얘지는 석회암으로 된 사크레쾨르 성당 앞 벤치에서 파리의 시내를 보겠지. 식었던 심장이 다시 뜨거워지는 것을 느꼈다. 여행을 가기 전의 기다림이 다시 정희에 대한 설렘으로 다가왔다. 이 감정의 환치에는 여행이 묘약이 되었다.

여름휴가까지는 너무 멀다. 지금 봄방학일 텐데 지금 가자고 할까? 민준은 긴급모객인 땡처리로 들어가 봤다. 유럽 일주일이 있었다. 여름휴가 얼리버드 특가보다 더 싸다. 카드 번호를 입력하면서 심장이 뛰었다. 이건 바로 하지 않으면 금방 끝나버린다. 게다가 부분 환불이나 변경이 되지 않는다는 조건이 붙어 있었다. 정희한테 전화를 할까 전화기를 들다 놓았다. 신학기가 시작되기 전까지는 시간이 있어서 작년에도 제주도로 같이 여행을 갔다. 반고흐 인사이드 전시회에 갔을 때 정희가 얼마나 좋아했는지 모른다. 그림 전시는 아니고 현대적 감각으로 빛과 음악을 사용해 생생하게 그림을 느끼게 하는 미디어 아트 전시였다. 고흐의 〈아를의 침실〉을 VR로 체험하고 정희는 흥분을 감추지 못했다. 고흐의 침실에서 하루 자고 나온 기분이라고 했다. 밸런타인데이를 은근히 기대하는 모양인데 이번에도 깜짝 이벤트를 해야지. 정희가 기뻐할 생각에 민준도 기분이 좋아졌다.

"오빠, 나 서빈이야."

"무슨 말이야?"

"나, 개명했어. 지금 신고하고 왔어."

"뭐?"

어머니가 개명이라도 해서 정희의 결혼 운을 당겨 보겠다고 성화를 부렸다고 한다. 정희는 매일 잔소리를 듣느니 그냥 철학관으로 가는 게 낫겠다고 생각했다. 정희는 민준에게 정희라는 이름 때문에 학창 시절 내내 고통받은 이야기를 했다.

"이제 모든 서류에서 나는 서빈이야. 이름 이쁘지? 당신은 서빈이와 연애 중이야. 정희는 옛 애인이야!"

신이 난 정희는 눈을 반짝거렸고 마치 쇼핑가는 아이 같았다.

"이름이 바뀐다고 사람이 바뀌냐?"

단순히 이름을 바꾸는 것으로 운명 자체가 바뀌는 것은 아니다. 본인의 노력으로 인생의 어려움을 극복해 냈을 때 삶의 주인이 되는 거지. 정희는 민준의 잔소리가 꼰대 같다고 핀잔을 주었다. 자기의 운명은 자기가 선택한다며 얼굴을 찌푸렸다.

"어쨌든 난 서빈이야."

"잠깐만, 그럼 여행 티켓은?"

민준의 설명에 정희의 입에서 기차 시동 소리가 들렸다.

"물어보지도 않고 왜 쓸데없는 짓을 해?"

"너는 물어보지도 않고 쓸데없이 개명하냐?"

"내 이름 바꾸는 데도 물어봐야 해? 그리고 새 학기 전에 할 일이 얼마나 많은데?"

"전에는 봄방학 때 시간이 됐잖아?"

"이삼일 정도나 되지. 학교 가서 새로 맡은 학년과 교실 준비를 해야 한다고!"

"언제는 맨날 유럽 노래를 부르더니, 벌써 결제했는데……."

"몰라. 오빠 혼자 가."

정희는 뒤도 돌아보지 않고 가버렸다. 민준은 뒤통수를 맞은 사람처럼 멍하니 정희의 뒷모습을 보다가 뭉크의 〈절규〉처럼 소리를 질렀다.

애초에 환불이나 변경, 취소가 안 되는 걸 알지만 여행사에 전화해서 통사정을 했다. 불가능하다는 답이 왔다. 물론 네임 체인지도 안 된다고 했다. 작년 이맘때도 제주도에서 같이 보냈기 때문에 별일이 없을 거라고 생각을 했다. 거액을 다 날리기는 아깝다. 벌써 카드대금 무이자 5개월 할부 중 한 달분이 결제되었다.

머릿속에 온통 정희, 정희를 외치다가 컴퓨터를 켜자 정희라는 이름까지 검색하게 되었다. 정말 많은 사람이 같은 이름을 썼다. 정희는 우리나라에서 여자 이름으로 많이 쓰이고 김씨 성을 가장 많이 사용하고 있다. 82년도 서울 출생이 제일 많다는 통계도 있었다. 이 정도라면 생년월일이 같은 사람도 있을 수 있다.

별생각 없이 익명으로 페이스북, 카스 등에 정희라는 이름과 생년월일이 같은 사람을 찾는 글을 올려봤다. 처음에는 별 반응이 없었다. 정희를 복제하냐고 친한 친구들의 야유만 있었다. 점점 리트윗이 늘고 팔로워들이 글을 퍼다 나르기 시작했다. 이유를 묻는 글과 자기들 맘대로 추측하는 글들이 올라오기 시작했다. 정희는 그 뒤로 전화 한 통 없었다. 민준은 결제도 혼자 다 했는데 성질 내고 감감무소식인 그녀가 야속하기만 했다.

민준을 찾는 글들이 계속 나오고 차츰 이 일에 흥미를 느끼게 되었다. 직접 답변을 올려야 되고 본인 확인이 필요하다고 덧붙였다. 정보가 일치하면 무엇을 줄 건지 문의가 왔다. 할 수 없이 여행권을 올려 함께 유럽 여행을 가는데 같은 방을 쓸 필요는 없다고 덧붙였다. 친구들은 미쳤다고 난리를 쳤지만 이미 벌어진 상황이었다. SNS가 혼돈의 도가니 같아 무서운 생각이 들 정도였다. 악성 댓글로 괴로워하는 사람들의 심정을 알 것 같았다.

정희라는 이름은 유령처럼 돌아다녔다. 접속만 하면 댓글이 밀려 올라왔다. 전주에 사는 한 사람이 나타났다. 이름과 생년월일이 일치하는데 여행은 부모님이 허락하지 않아 아쉽다는 내용이었다. 그래서 닉네임이 엔젤인가 보다.

서울 사는 여자는 글쎄, 진짜냐고 의심부터 했다. 그리고는 가끔씩 들어와 동정을 살피고 있었다. 또 다른 여자는 "결혼했으면 자격

이 없나요?" 하면서 재미있어했다. 애인이 도망갔는지, 갑자기 교통
사고로 죽었는지 온갖 추측의 글이 올라와 실시간 검색 순위까지 올
랐다. 방학이라 학생들까지 합세하여 진짜 정희라는 사람이 맞는지
구별하기도 어려웠다. 그냥 혼자 가자는 생각까지 들었다. 고민 끝
에 오늘 저녁까지 보고 글을 다 내리기로 했다. 그런데 부산에 사는
에소프레소라는 사람이 관심이 있다며 민준을 만나보고 결정하겠다
고 연락을 했다.

　에소프레소를 주말에 KTX역 앞에서 만나기로 했다. 그녀가 먼저
제안을 해 왔다. 손해 보는 건 없다는 생각에 민준은 응했다. 그녀는
아주 씩씩하게 악수를 청했다. 그녀는 정희보다 키가 크고 예뻤다.
마치 선을 보는 느낌이 들어 민준은 서먹서먹했다.

　"정흽니다."

　그녀는 재미있다는 듯이 목을 뒤로 젖히고 피읖과 히읗을 섞어 크
게 웃었다. 사람들이 볼까 봐 창피할 정도였다.

　"겨울방학 때 못 가서 봄방학 때 어딜 갈까 고민 중이었어요."

　단발머리를 굵은 볼륨으로 날아갈 듯이 밖으로 만 바람머리다. 미
술학원을 한다고 소개하는데 청바지에 점퍼 차림이 어울리지 않았
다. 미술을 전공한 사람이 왜 옷에는 신경을 쓰지 않는지. 민준은 머
리를 흔들고 어떤 사정인지를 얘기했다.

　"전 여행광이고, 또 공짜 표인데 안 갈 이유가 없죠. 좋습니다. 갑

시다."

그녀는 소탈하고 시원했다. 연락처를 주고받고 민준은 출발 날짜와 시간을 알려주었다. 이제는 에소프레소가 공항에 안 나타나도 그만이라는 생각을 했다. 민준은 그녀의 뒷모습을 물끄러미 바라보았다.

공항에 나타난 정희는 진짜 정희 같았다. 작년 봄방학 때 제주에 갔을 때처럼 보였다. 착각이 들 정도로 비슷한 선글라스에 옷 입은 스타일이 비슷했다. 다만 그녀의 큰 웃음소리와 말씨 때문에 민준은 도리어 스트레스를 받는 게 아닐까 하는 걱정이 되긴 했다.

정희는 독립적이면서도 어디서나 잘 어울리는 그녀만의 세상을 가지고 있었다. 누구에게나 스스럼없이 말을 건네고 웃었다. 비행기 안에서도 그녀는 쌈밥과 양식을 번갈아 시켜 먹었다. 맥주 한 캔을 먹고 잠도 잘 잤다. 전혀 개의치 않고 편하게 했다. 도리어 민준이 쩔쩔맸다. 민준에게 부탁하지 않고 캐리어와 무거워 보이는 배낭도 혼자서 해결했다. 정희, 아니 서빈 생각이 났다. 늘 자신이 해주었는데……. 문득 혼자 온 느낌이 들었다. 종알거리는 서빈이 없으니 쓸쓸했다.

네덜란드에 도착해서 정희는 여자 가이드의 방에서 자기로 했다며 걱정하지 말고 편하게 쉬라고 했다. 민준은 패키지로 와서 좋은 곳을 찍어 두었다가 서빈과 같이 자유여행을 오면 되니 오히려 잘되었다고 자신을 위로했다. 정희는 그림을 전공한 여자답게 미술관과 박물관에 갈 생각에 들떠 있었다.

민준은 암스테르담에 있는 고흐 미술관에서 평생을 돌봐준 동생 테오에게 고흐가 보낸 편지를 보고 싶었다. 친필에서 고통의 흔적을 찾고 싶었다. 네덜란드는 모든 것이 평화롭고 한가해 보였다. 600년 전에 세웠던 최초의 풍차를 보러 간 잔세스칸스에서 나막신 매장에 갔다. 나무 신발을 신고 전통 복장을 한 〈플랜더스의 개〉에 나오는 아로아 마네킹이 있었다. 동그란 큰 눈과 웃는 모습이 서빈을 닮았다. 나막신을 사서 가방에 넣었다. 서빈에게 말해 주려고 부지런히 사진을 찍고 메모를 했다. 반 아이들에게 실감 나게 이야기할 서빈을 상상했다.

이동 중에 정희는 렘브란트와 페르메이르, 빈센트 반 고흐의 나라에 와서 너무 행복하다고 정희는 나팔꽃처럼 웃었다. 베르베르는 들어봤지만 페르메이르는 잘 모르겠다는 말에 의외라는 듯이 〈진주 귀고리를 한 소녀〉를 아느냐고 심각한 표정으로 말했다. 그림을 본 적이 있는 것 같은데…… 영화는 생각난다고 했다. 소설이 인기를 끌자 덕분에 그림도 유명해졌고 영화로 제작되었다. 오후에 실제로 그림을 보니까 16세 소녀인 그리트의 미묘한 표정과 눈빛이 이해되었다. 약간 멍해 보이는 그 소녀는 민준에게 '넌 여기서 뭐해?' 하고 묻는 것 같았다.

배경을 어둡게 해서 반복된 붓 터치로 진주는 왼쪽 윗부분이 밝게 빛나도록 빛의 효과를 사용하고 있었다. 아랫부분은 하얀 옷깃을 반사하여 부드러운 질감과 맑고 투명한 광택까지 살아있는 느낌을 주었다. 머리에 터번을 두른 소녀는 누군가를 보기 위해서 왼쪽 어깨를 틀어 고개를 돌리고 있다. 큰 눈동자와 생기 있는 입술이 서빈을 떠올리게 했다. 특유의 시선과 표정이 보는 사람에게 비밀스러움이 잔뜩 묻어나게 하고 있었다. 영롱한 눈망울과 관능적인 입술, 은은한 인상의 여운을 잘 표현했다고 정희는 가이드보다 자세히 설명했다. 밝은 불투명한 색 위에 어두운 투명한 색을 얇게 칠했다. 그래서 묘한 진주 빛깔을 더욱 세련되고 아름답게 표현해 낼 수 있다고 쉽지도 않고 큐레이터처럼 말했다. 진주는 민준이 보기에는 갓 잡은 제주 갈치 비늘처럼 보였다.

그림을 설명할 때 정희는 차분하면서도 열정적으로 꼼꼼하게 짚어가면서 했다. 마치 선생님이 학생에게 시험에 나올 법한 문제를 가르쳐 주는 모습 같았다. 민준은 웃음을 참고 한참이나 그녀의 입만 바라보았다. 자신도 강의하지만 저렇게 말을 잘하는 사람은 처음 본 느낌이었다. 그쪽에서 떠도는 상투적인 내용이거나 인터넷에서 검색되는 흔한 말일지라도 민준은 잘 모르는 이야기다. 듣고 보니 공감이 갔다. 여행은 아는 만큼 보인다는 말이 실감 났다. 그녀가 선머슴 같다고 생각했는데 그녀는 점점 우아하고 세련된 느낌으로 바뀌었다.

정희는 갈수록 민준을 살갑게 대해 주었다. 자리도 먼저 잡아주고 물도 챙겨 주고 기다려 주었다. 부부인지 애인인지 물어보는 사람도 있었다. 둘은 그냥 유쾌하게 웃었다. 정희가 슬며시 손을 잡으며 속삭이듯이 말했다.

"즐겁게 여행합시다. 시간은 소중하니까요."

민준은 어색한 표정으로 고개를 끄덕거리며 용기를 내어 말했다.

"이따 저녁에 와인 한잔합시다."

"참 오래도 걸리네요."

민준은 정희가 부담스러워할까 봐 눈치를 봤는데 정희가 자신이 다가가길 기다린 것 같아 마음이 가벼웠다. 정희는 반 고흐 이야기를 했고 민준은 주로 들었다.

"결혼에는 관심이 없고 세계 일주를 하기 위해 돈을 모으고 있어요."

"나도 끼워주면 안 되나요?"

그 소리에 그녀가 민망할 정도로 크게 웃었다.

다음 날 아침은 겪어보지 못한 칼바람이 불었다. 검은 브이넥 카디건을 꺼내어 입는데 서빈의 노란색 스웨터 털 몇 가닥이 민준의 옷에 붙어 있었다. 감시하는 그녀처럼 가만히 앉아 있었다. 떼서 후, 날려보았다. 깃털보다 더 가벼운 몸짓으로 날아갔다. 그녀에게로 가서 전해 주라. 누구의 옷에 붙은 털처럼 흔적을 남기고 있지 않은지. 사람들은 자기를 각인시키기 위해 노력한다. 인정받고 싶은 욕구로 키클롭스 섬으로 쳐들어간 오디세우스처럼 하지는 못해도 자신을 기억하지 못하는 것에 섭섭해하거나 불편해한다.

대학가 앞 카페에서 하트 모양의 포스트잇을 가져와 자꾸만 뭘 적으라는 서빈의 요청에 못 이겨 책에 나오는 여러 가지 문구를 쓴 기억이 났다. 다음에 서빈과 다시 여기를 오게 되면 보물찾기를 할 생각을 했다. 쪽지를 적어 화장대 앞 거울 위에 올려놓았다가 화살표를 그렸더니 낡은 앤틱 가구라서 그런지 쓴 곳이 약간 패었다. 놀라서 매만졌지만 지워지지 않았다. 호텔을 나서면서 민준은 유치한 자신을 놀리듯 씩 웃었다.

민준은 돌아와서 서빈에게 전화를 했다. 혼자 여행 가서 화가 났는지 한참 들고 있어도 전화를 받지 않았다. 민준은 나막신을 들고 집 앞으로 가서 문자를 넣었다. 집 앞인데 선물 사 왔다고 잠깐 보자고 했다. 그녀는 답이 없었다. 민준은 문을 두드릴 용기가 없었다. 서빈의 어머니를 볼 낯이 없어 돌아서는데, 서빈에게 집 앞 커피숍에서 보자는 답이 왔다.

그녀는 표정이 밝지 않지만 피부가 엄청 좋아 보였다. 시차로 인해 숨죽은 데친 나물처럼 처진 민준보다 싱싱한 느낌이었다. 그녀는 결혼을 한다고 말했다. 민준은 기가 막혔다.

"뭐? 그게 말이 돼? 어떻게 그럴 수 있어?"

"다른 여자랑 여행 가는 거는 말이 돼?"

"별일 없었다고!"

아로아의 나막신을 바닥에 패대기쳤다. 조각들이 사방으로 튀었다. 사람들이 쳐다보고 웅성거렸다. 나막신 조각들은 떨어져 나가는 살점처럼 보였다. 기억의 파편들이 산산이 부서져 버렸다. 언제나 든든하게 옆자리에 지키고 있을 것 같았는데…… 민준은 그렇게 결정한 서빈이 이해되지 않았다. 정희와 여행을 간 것도, 서빈이 결혼을 한다는 것도 모두 영화 같았다. 아니면 어젯밤의 꿈일지도 모른다는 착각이 들었다. 노독이 풀리지 않은 탓인지 머리가 멍했다.

며칠 꽃샘추위가 기승을 부리고 있었다. 햇살이 짧게 창문을 지나갔다. 눈을 감고 있을 때 문을 두드리는 소리가 나는 것 같았다. 바람 소린가? 창밖의 나뭇가지가 흔들리는 것이 보였다. 조금 후 다시 조심스러운 노크 소리가 났다. 대답을 했지만 문이 열리지 않았다. 혹시 서빈일지도 모른다는 생각에 문을 열어 보았다. 어둡고 추운 복도에 그녀가 서 있었다. 더 늦게 문을 열었더라면 얼었을 것 같은 모습이었다. 겨울이 다 지났는데 그녀의 손은 온기가 없는 스테인리스로 된 의수처럼 차가웠다. 다시는 놓지 않을 거로 생각했던 손인데…….

빠르게 물을 올리고 서빈이 좋아한다며 갖다 놓은 귤차를 끓였다. 찻잎과 말린 귤로 향긋한 차향이 났다. 서빈은 고해성사하러 온 사람처럼 낮은 목소리로 말했다.

"미안해요. 미안하다는 말을 하고 싶었어요."

민준은 새끼를 지키는 고양이 어미처럼 가만히 응시했다. 전에 말했던 사람이라고 했다. 엄마 성화에 몇 번 만났는데 해외지사 파견으로 급하게 결정되었다고 말했다. 자신도 학기 중간보다 시작 전에 학교를 쉬는 게 낫다고 해서 그렇게 되었다고. 파리로 신혼여행을 갔다가 중국으로 간다고 했다. 날짜가 이번 주말이었다.

침묵이 흘렀다. 민준은 할 말이 없었다. 창가에 어둠이 밀려왔다. 불을 켜고 싶지 않았다. 그림자가 없는 사람이 되고 싶었다. 다시 눈을 감았을 때 서빈이 찻물을 붓는지 달각거리는 찻잔 소리만 들렸다. 많은 추억의 그림자들이 방에서 일제히 일어나고 있었다. 의자 소리에 놀라 눈을 떠 보니 서빈이 방을 둘러보면서 일어서고 있었다.

"가려고?"

"응. 엄마 기다릴 것 같아요."

민준은 학술지에 실을 논문 초안을 컴퓨터로 몇 시간째 쳤더니 손목 관절이 저렸다. 손목을 빙빙 돌리다가 달력을 봤다. 오늘이 결혼식 날이었다. 가슴이 답답해 왔다. 가 볼 생각은 하지 않았다. 연결

되는 선후배도 있을 테니 이미 소문이 났을 것 같았다. 민준은 아무할 일이 없었다. '내 여자가 결혼을 한대요.' 문자를 찍었다. 어딘가로 보내고 싶었다. 모든 사람에게 알려 위로를 받고 싶었다. 다시 지웠다. 무슨 자랑이라고……. 딱히 보낼 데도 없었다.

정희 생각이 났다. 그냥 안부 전화를 했다고 말했다. 정희는 좋은 시간이 되었다고, 부산으로 오면 자기가 한턱 쏘겠다고 유쾌하게 웃으며 말했다. 민준은 강의가 없는 이번 금요일에 가도 되냐고 물었다. 정희는 대환영이라고 했다. 도착하면 전화하겠다고 말하고 끊었다. 정희를 잊기 위해 다른 정희를 만날 생각에 들뜬 자신을 봤다.

모든 게 귀찮아서 편하게 KTX로 가기로 했다. 애써 잊으려고 하지 않아도 세월이 가면 퇴색되기 마련이다. 레일을 따라 기차가 앞으로만 가듯이 지나온 길에 미련을 두지 말자고, 아주 천천히 한 자씩 한 자씩 가슴에 서각 공예를 하듯이 핸드폰 메모장에 찍었다. 정희에게 출발했다고 카톡을 보냈다. 차 안은 침묵의 세상. 핸드폰 세상에 빠진 사람들은 모두 다른 꿈을 꾼다. 지문이 닳도록 사다리를 타며 쇼핑하는 옆자리 아가씨를 보다 민준은 다시 핸드폰으로 뉴스를 검색했다. 신혼여행 간 한국인 여자의 실종 사건이 실시간 검색 1위로 올라와 있었다.

내 안의 산

＊

그를 죽이기로 했다. 자살인지 타살인지 분간이 안 되게 아무도 모르게 산에서 죽여야 한다. 선미는 그를 어떻게 죽여야 할지 방법이 생각나지 않아 기도하는 양 손깍지를 끼었다가 한 손으로 턱을 괴었다가 커서만 쳐다봤다. 커서가 깜박거리면서 빨리 어떻게 해보라고 유혹하는 것처럼 느껴졌다. 잦은 실연 때문인지 이미 그가 가족보다 산을 더 좋아하는 걸 모두가 다 알고 있다. 혼자 가기도 하고 비박 팀과 어울려 가기도 했다. 그러니까 혼자 갈 때 누군가 밀거나 상황에 따라 실족사할 수도 있는 일이었다.

이번 주말에 포항에 사는 형도, 연암 공단에 있는 후배도 다 바빠서 일정이 안 잡히는 바람에, 주인공의 실제 모델인 선호는 혼자 공룡능선을 타고 오겠다고 했다. 가장 인기 있는 코스지만 비선대에서 마등령까지의 급경사에다 마등령에서 신선대까지도 오르내림이 많아 체력적으로 힘이 많이 들어갔다. 탈진으로 인한 인명 사고가 일어나곤 하는 코스다.

그는 밥 먹듯이 산을 가고 본인의 입으로도 체력이 엄청나게 좋아졌다고 하니 탈진으로 인한 사고는 일어나기 어려울 것 같다. 한 달에 한 번 이상 가는 설악산을 다람쥐처럼 다녀 실족사하기도 어렵다. 그런데 겨울철에는 바위 면이 얼어붙고, 그 위에 눈이 덮여 있어 1,275봉 부근은 안개가 끼었을 때 길을 잃거나 실족 사고의 위험이 높다고 했다. 그래서 소설 배경을 늦은 겨울로 잡고 제목을 '동백꽃이 질 때'로 지었다. 공룡릉을 지나 천불동 계곡으로 하산하는 코스가 아련하게 떠오를 만큼 선호가 자세하게 얘기해 준 적도 있었다.

선미는 주인공 그가 실족사하는 장면으로 글 마무리를 했다. 그런데 너무 시간을 끈 탓인지 업로드가 안 되었다. 작은 신문사에서 편집 일을 하는 선호는 오후에 출근했다. 할 수 없이 출근 전에 컴퓨터를 좀 봐 달라고 선호를 불렀다. 선미가 권해서 재개발이 예정된 허름한 주공아파트로 이사 온 지 얼마 되지 않았다. 선호는 타 도시로 나가는 고속도로 입구라는 점과 월세가 없다는 사실을 좋아했다. 학창 시절에 게임방에서 아르바이트를 해서인지 선호는 컴퓨터를 잘 다루었다. 선미가 점심을 준비하는 동안 선호는 컴퓨터를 손본 후 글을 읽었다.

"왜 죽여요?"

"여자는 산에만 가는 그 남자가 밉고 귀찮은가 봐. 다른 사람도 생졌으니……."

"아니, 귀찮으면 죽여요? 그러니까 삼류 작가지. 그냥 강의나 하시지."

"삶과 죽음은 늘 같이 있는 거야. 태어나면서부터 죽음을 향해 가는 것이 인간인데……. 천년만년 살 것처럼 욕심부리고 늘 그 자리에 있을 걸로 생각하면 안 되지. 인간사 문제는 거기서 시작하거든."

"잔소리와 비약은 여전하군요."

"동백의 암술은 수술의 꽃가루를 받아 열매를 맺어. 그런데 수정하고 나니 수술이 귀찮고 거추장스럽잖아. 암술이 꽃봉오리를 땅으로 슬쩍 밀어 버리는 거야. 아직 시들 준비도 안 되었는데 말이야. 왜 떨어졌는지 알지도 못한 채 '툭' 아픈 소리를 내면서 붉은 심장 같은 꽃이 떨어져."

"그래서 제목이 '동백꽃이 질 때'구나. 그만 죽이고 끝났으면 이번에는 같이 설악산이나 갈래요?"

"좋아."

새벽에 출발하여 한계령에 도착했을 때 이른 아침이라 그런지 산은 자욱한 안개 속에 잠들어 있었다. 희끗희끗 보이는 것은 추위에 떨고 있는 사람들이었다. 6월인데도 티베트 고산지대에 온 것처럼 싸한 느낌이 들었다. 선호는 선미를 생각해서 한계령에서 대청봉으로 갔다가 오색 약수터로 바로 내려간다고 아쉬운 듯한 표정을 지으며 말했다. 백두산에서 시작된 백두대간이 어떻게 지리산까지 연결되는지를 신나게 읊었다. 선호는 산 이야기만 나오면 초등학생이 새로 산 최신형 휴대폰을 자랑하듯이 말했다. 선미가 영화나 문학에 관한 이야기를 하면 시큰둥하게 들었다. 신문사 편집 일을 하면 다방면으로 관심이 많을 것 같은데 영 아니었다. 나이도 열다섯 살이나 차이가 나는 데다 코드도 맞지 않는데, 가끔 어울리는 것은 선미가 산을 좋아하기 때문이다. 그래서 머리 식힐 겸 따라간 산악회에서 선호를 처음 봤다. 그날도 티격태격했다. 사람들은 둘 다 싱글이라서 그런지 까칠하다고 웃었다.

백팔계단을 올라 산속으로 들어가니 찬기가 없어지고 날씨는 가을 날처럼 환하게 갰다. 골짜기에서 뿜어 올라온 산목련, 정향나무 향기와 산모퉁이를 돌 때마다 산허리를 감은 안개와 봉긋 솟은 봉우리는 몽환적인 장면을 연출했다. 굽이 돌 때는 마치 무비카를 타고 도는 느낌으로 살짝 현기증을 느꼈다. 발아래 구름이 날아가는 모습은 비행기에서 본 것과 달랐다. 운무의 한판 춤마당이 펼쳐지는 구름바다의 신비로움과 아름다움이 최고라는 선미의 탄성 소리에 선호는 흐뭇한 표정을 지었다. 시간이 지날수록 바위와 나무데크 계단이 힘들었지만, 기암괴석들과 운해가 정신을 빼놓고 전신을 말갛게 씻어 내려가는 느낌이었다. 지리산은 징징거리는 아이에게 사탕을 주듯 멋진 경관을 선물하면서 한 발 한 발 걷게 했다. 선미는 자서전 쓰기 강의 시간에 인생 곡선을 그리면서 그런 생각을 했다. 인생 곡선은 산의 모양을 닮은 그래프다. 오르막이 있으면 내리막이 있다. 그걸 알면 세상사에 초연해질 수 있을 것 같다고. 하지만 반백이나 밑줄 그어도 때때로 그 진실이 머릿속에서 지워지곤 했다.

지칠 무렵 끝청을 지나 중청 대피소가 보였다. 많은 사람이 쉬고 있었다. 생수를 살 때 대피소 주인장이 물었다.

"힘들지요?"

선미는 대답할 힘조차 없었다. 주인장이 그저 선한 미소로 씩 웃으며 말했다.

"집에 가서 생각하면 다시 오고 싶을 겁니다."

라면을 먹고 그늘을 찾아 잠시 눈을 붙였다가 다시 대청봉으로 향했다. 사람들은 힘들게 여기를 왜 죽으라고 걷는지, 5시간 넘게 걸었고 다시 그만큼 걸어 내려갈 일이 선미는 꿈만 같았다. 대청봉은 줄서 있는 사람들부터 보여주었다. 앞사람이 인증샷을 부탁하면서 마흔다섯 번째 왔다고 묻지도 않았는데 말했다. 그만큼 매력이 있냐고 했더니 두고 보라고 하자 선미는 고개만 끄덕거렸다. 대청봉에 서니 다 가진 듯, 올라와 본 사람만이 알 수 있는 커다란 희열이 있었다. 땀에 절었는데 운동 후 샤워한 느낌이었다.

설악산을 갔다 온 후 선미는 산악소설을 써 보겠다고 마음먹었다.

선호는 유달리 지리산을 좋아했다. 취미로 즐기는 무명 산악인이지만 히말라야에 한번 가보는 게 로망이고 퇴직 후에는 평생 지리산 자락에 터를 잡고 '자연인'으로 살겠다고 입버릇처럼 말했다. 작년에 맛보기로 당일치기 지리산에 같이 간 적이 있다. 선미가 다시 지리산에 가자고 보채니까 선호는 이번에는 종주를 할 거라고 했다. 종주라도 2박 3일을 가니까 괜찮을 거라는 생각에 따라나서게 되었다. 사실 선미는 산은 잘 모르지만, 선호와 가면 별로 걱정이 되지 않았다. 선호가 철두철미하게 준비를 해오기 때문이었다.

선미가 처음 지리산을 갔을 때는 중산리에서 시작해서, 천왕봉을 갔다가 제석봉을 지나 장터목 대피소에서 원점 회귀한다고 했다. 새벽 3시에 중산리를 거쳐 칼바위로 갈 때는 어둠 속에서 물소리만 들으며 길을 찾았다. 점차 여명이 밝아오자 헤드 랜턴을 끄고 땀을 내리받으며 걸었다. 하늘에는 구름이 쫓기는 듯 엄청 빠르게 날리는 모습이 신기했다. 동막골에서 밥하는 연기처럼 아래 골짜기에서 거대한 흰 구름이 마구 솟아오르는 모습에 감탄을 했다. 그러나 산의 비밀은 아무도 모른다. 내려올 때는 천연 가습기 같은 운무가 선미를 둘러싸더니 점점 폭우로 바뀌었다. 내리붓는다는 표현을 이럴 때 쓴다는 걸 알았다. 삽시간에 엄청나게 불어난 물로 계곡에 잔돌들이 구르며 치닫자 고대 시대물의 마차 구르는 소리가 산을 흔들었다. 폭포가 거세지고 우비도 소용이 없어지자 공포마저 느껴졌다. 선호를 부르는 소리마저 산과 계곡이 삼켜버렸다. 귀는 먹먹해지고 다리는 멋대로 후들거렸다. 선미는 박지원의 「일야구도하기」를 생각했다. 아홉 번 강을 건너지는 않았지만 아홉 고개쯤을 넘었다. 중산리 주차장에 도착하니 거짓말처럼 햇볕이 기다리고 있었다. 지리산에 깜박 속았다고 선미는 말을 했다. 갔다 와서는 두 번 다시 안 간다고 해 놓고 다시 따라나섰다. 그런 추억들이 둘을 묶어놓았다. 힘든 상황을 같이 겪으면 쉽게 인연이 끊어지지 않는 것 같았다.

이번 일정은 성삼재에서 시작했다. 노고단으로 가는 길은 비교적 완만하고 숲속을 거니는 느낌이 들었다. 노고단 휴게소에서 많은 사람이 이른 아침을 먹거나 식수를 보충하고 있었다. 올라가니 하늘 아래 정원인 분지에 야생화가 많이 피어 있었다. 사람들은 하늘 꼭대기에 있는 제단을 향해 올라가는 것 같았다. 말로만 듣던 노고단 지석과 돌탑을 보았다. 맑고 깨끗한 하늘에 잠자리 떼가 가을이 다가옴을 실감 나게 했다. 하얀 띠구름이 노고단 돌탑을 감싸 돌고 있었다.

노고단 대피소에서 돼지령으로 가는 오솔길은 초목들이 많고 새들이 지저귀는 조용한 산길이었다. 점점 기온이 올라가면서 힘들어졌다. 뜨거운 햇볕과 오르막으로 2시간 정도 걸을 때 식수가 바닥났다. 선미는 1,424봉을 지나면서 힘들 때 한 방울씩 입술만 적셨다. 무거워서 큰 물병을 두고 온 일을 떠올리면 더 갈증이 났다. 물을 찾아 돌아가기도 앞으로 가기도 어중간한 위치였다. 지나가는 사람에게 물을 얻는다는 것은 너무나 염치없는 짓이기에 입도 안 떨어지는 일이었다. 선미는 인도에서 있었던 얘기를 했다. 물이 다 떨어진 데다 덥고 지쳤을 때 타지마할 근처에서 현지 가족 관광객을 만났다. 꼬마가 선미가 가진 당시에 유행했던 핸드폰에 프로펠러를 끼운 손선풍기에 시선을 뺏긴 것을 보았다. 그때 아이에게 잠깐 빌려주고 물을 얻어 마셨다고 했다. 선호는 말을 많이 하면 더 목이 탄다며 선미의 입을 막았다.

피아골 갈림길에서 임걸령 샘터가 나왔다. 정말 시원한, 꿀맛 같은 물맛이었다. 한라산 노루샘물 같았다. 산행에는 물이 생명 자체였다. 샘터를 만나서 산신령이 도왔다는 말에 선호가 자신이 산신령이라고 해서 모처럼 웃음이 터져 나왔다. 노루목을 지나 3도의 경계인 삼도동을 지나 2km 가니 뱀사골 갈림길인 화개재가 나왔다.

토끼봉은 1시간가량 계속 오르막으로 돌과 나무 계단이 번갈아 나와 힘들었다. 시야가 탁 트인 멋진 광경을 보여주었다가 숲길이 나왔다가 했지만, 땡볕 속에서 인내와 끈기의 한계가 오기 시작했다. 선미는 침묵이나 짜증으로 선호를 불편하게도 하고 미안하게도 하면서 투덜거리며 갔다. 힘들어하면 다시는 같이 가자고 하지 않을 것 같아 표를 내지 않으려고 무지 애를 썼다. 그러나 선호는 안다, 그녀가 지금 어떤 상태인지.

어김없이 올라가면 내려가야 되고 내려가면 올라가야 하는 돌길이 계속되었다. 선미는 빨리 연하천 대피소가 나타나길 간절히 바랐다. 오기 전에 읽었던 산티아고 순례기를 보면서 2박 3일이면 짧은 일정이라고 가볍게 생각한 것이 벌써 후회되었다. 걷는 내내 방긋 웃는 꽃들과 길가에 가끔 나타나는 다람쥐의 재롱을 보며 한 걸음씩 옮겼다. 첫날부터 돌길을 13㎞ 넘게 걸었더니 발바닥에 불이 났다.

선미는 연하천 대피소를 내려가는 길이 보이자 힘이 났다. 도착하자마자 연거푸 물을 마시고 남은 물을 지치고 부은 맨발에 부었다.

"발이 다 시리다, 세상에."

선미는 호들갑을 떨면서 왕성한 식욕도 살아나서 뭘 먹을까 생각했다. 선호도 밝아 보였다.

"와아, 살아있네!"

대피소 문 앞에 '그대는 나날이 변덕스럽지만 지리산은 변하면서도 언제나 첫 마음이니 행여 견딜만하다면 제발 오지 마시라' 라고 적혀 있었다. 선미는 그 글귀를 몇 번이나 읽고 초심을 갖고 산다면 세상살이에 견딜 만해질 것이니 다시 오지 않아도 될 것 같다고 말했다. 선호가 바로 되받아쳤다.

"지리산은 변하지 않으나 때때로 다른 색을 입는 지리산이 보고 싶어 오지요."

새벽에 출발하기 위해 부산하게 움직였다. 낮에 걷는 것보다 새벽이 좋을 것 같았다. 오후에는 체력이 극도로 떨어지는 것을 알기 때문에 서둘렀다. 새벽하늘에는 바이칼 호수에서 본 이래로 가장 많은 별이 보였다. 새벽에 능선을 벗어나서 본 별은 더 가까이 가슴에 수놓은 듯이 박히는 기분이었다. 삼각봉과 형제바위를 지나 벽소령 대피소에 가서는 자리를 깔고 누워 버렸다. 벽소령에는 빨간 우체통이 있다. '느리게 보내는 편지'가 낭만적으로 보였다. 지금 보내면 언제 올까? 우리가 헤어진 뒤에 오면 지금을 추억하며 서로를 덜 미워할까? 헤어짐의 끝이 미움으로 연상되는 것은 덜 세련된 꼰대들의 사고일까.

목적지가 정해진 길은 가야 할 곳을 알기 때문에 지쳐도 포기할 확률이 낮다. 어쩌다 지나가는 사람이 간간이 우스갯소리를 하며 선미를 챙기자 선호는 약간 신경이 쓰이는지 인상을 쓰기도 하고 그 사람을 흘깃 쳐다보기도 했다. 몇 개의 봉우리를 넘고 넘어 세석 대피소에 도착했다. 청학동으로 내려가는 길이 보였다. 선미는 작년 휴가 때 쌍계사에서 불일폭포까지 올라왔던 길과 만나는 길임을 알고 슬며시 미소가 나왔다. 그런 폭포수를 머리 위에 맞고 싶은 심정이었다. 어릴 때 칠월칠석날 나룻배를 타고 폭포가 있는 성으로 올라가서 물 맞은 때와 필리핀 팍상한 폭포를 맞을 때 얼얼하고 기가 막힌 느낌을 잊을 수 없었다. 정수리를 '탁' 치는 순간 세상이 멈췄다 다시 열리는 기분인데, 지금 순간이동이라도 하고 싶을 정도였다.

　드디어 숙소인 장터목 대피소에 도착했다. 선미는 이렇게 힘들고 험한 곳에 장이 섰다니 이해가 가지 않았다. 선호는 장터목은 옛날에 함양의 마천 사람과 산청의 시천 사람들이 올라와 거래하던 곳이라고 했다. 꽤 넓은 평지로 장이 열리기 좋은 공간이었다. 선미는 방을 배정받아 누웠지만 피곤해도 잠이 오지 않았다. 밖에 나오니 고지대라서인지 벌써 핀 구절초가 밤에도 웃고 있었다. 구절초는 러시아에서도 볼 만큼 넓게 분포된 꽃이지만 볼 때마다 예뻤다. 선미는 어디에서도 꿋꿋이 꽃을 피우는 생태가 부러웠다. 날이 점점 어두워지자 선미는 사면의 풍경이 사라진 자리에서 오롯이 자신만의 소리를 들을 수 있었다. 자연은 자연스럽게 자연인이 되게 했다. 바쁘고 번거로운 일상에서 살다 보니 고요한 적막이 흐르는 이 시간이 너무 행복했다.

　천왕봉 일출을 보기 위해서는 새벽 4시에 출발해야 했다. 헤드 랜턴을 켜고 줄지어 가는 모습이 장관이었다. 순례자들처럼, 같은 목적을 가지고 앞으로만 가는 행렬에 숭고함마저 느껴졌다. 이 시각에 천왕봉에서 내려오는 사람은 없었다. 처음 오를 때부터 시작해서 제석봉 근처의 고사목 지대를 지나면 급경사였다. 헤드 랜턴으로 발밑을 보기가 더 급했다. 큰 바위들로 길이 이어져 있어 위험해 보였다.

새벽에 본 통천문은 선계에 들어서는 느낌이었다. 사람들이 오로지 일출을 보기 위해 서둘러 가기 바빠 앞지르는 사람들도 나왔다. 너무 일찍 도착하면 추워서 감기가 들 수 있다. 해는 뜰 때가 되어야 뜨는 것 아닌가? 아무리 발버둥을 쳐도 때가 되어야 이루어지는 법이다.

안개구름에 가려 해가 보이지 않자 실망하는 사람들이 늘면서 약간 술렁거렸다. 더러는 새벽에 여기까지 온 게 아까워서 천지창조나 기적을 기다리는 듯이 그 자리를 떠나지 못하고 있었다. 성질 급한 사람들을 보란 듯이, 잠시 후 붉은 기가 사라지고, 정말 황금 덩어리가 솟아오르기 시작했다. 오만한 인간들을 꾸짖는 듯이 실명할 정도로 눈부시게 빛났다. 바다에서 보는 해맞이와는 달랐다. 사람들이 모두 핸드폰을 꺼내 탄성을 지르며 한 방향으로 집중하는 것도 볼만했다. 모든 사람이 같은 방향을 보는 일이 얼마나 어려운지 모른다. 심지어 같은 곳에서도 다른 생각을 하고, 마주 앉아도 다른 곳을 본다.

사람들은 추워서 비옷이나 두꺼운 옷을 꺼내 입었다. 고지의 천왕봉은 다른 세상이었다. 주변은 운무 사이로 차츰 봉우리들이 여기저기 모습을 드러내기 시작했다. 근래에 가장 많은 사람이 왔고 이렇게 좋은 일출은 보기 힘들다는 말에 모두 흐뭇해했다. 서로 운이 좋은 사람들이라고 덕담까지 했다. 살면서 자신이 운이 좋은 편에 있다는 것은 위로가 된다.

목적을 달성하면 허탈해진다. 순례자가 목적지에 도착하면 더는 순례자가 아니다. 선미와 선호는 아쉬움을 남기고 중산리로 가기 위해 법계사로 향했다. 로터리 대피소에서 늦은 아침을 먹고 칼바위 쪽으로 내려갔다. 계곡을 만나지 못해 아쉬워했는데 여기에서 계곡을 만났다. 초행 때 본 계곡이지만 너무나 달라 보여, 이래서 또 오게 된다고 선미는 생각했다. 맑다 못해 깊은 곳은 비취색을 띤 물빛이었다. 칼바위 옆 넓은 바위에 앉은 부부에게 천도복숭아를 얻어먹었다. 사흘 동안 과일을 못 먹었는데 꿀맛이었다. 손가락에 묻은 단물까지 빨았다. 여길 벗어나면 밖은 덥다고 하니 지리산을 벗어나기가 싫어졌다. 정말 지리산 시외버스터미널은 푹푹 찌고 있었다. 파란 하늘에 하얀 뭉게구름과 구상나무 사이로 고사목이 보이는 지리산이 그리워 다시 산행에 나서는 사람들을 이해하게 되었다. 힘든 상황에 열심히 챙겨주는 선호는 나이가 어리지만 믿음직스러웠다.

선호는 주말마다 산에 가고 평일 오전에 심심하면 선미에게 주로 카톡을 했다. 가끔 오전에 같이 가까운 산이나 계곡을 가기도 했다. 주말을 내주지 않는 선호에게 선미는 늘 불만이었다. 가끔 남자로 다가올 때가 있었다. 연인처럼 생각이 드는 것은 혼자만의 착각일지도 모른다고 생각했다. 사이가 소원해지면 선호는 함께한 산행 이야기로 선미와의 거리를 좁혔다. 둘 사이 마음의 경계를 무너뜨리게 한 것은 산행과 여행이었다. 눈앞의 일에 충실해야 사고가 나지 않는다.

일상에서는 나이 차이인지 생각하는 깊이 차인지 늘 보는 관점이 달랐다. 동문서답이 부지기수고 답답한 건 선미인데, 지치면 선호는 혼잣말처럼 "정말 안 맞아."라고 했다. 선미도 그 말에 동의하기 때문에 가만히 있었다. 분명히 날짜와 시간, 장소를 얘기했는데 선호는 약속이 없다고 했다가, 이번 주인 줄 알았다느니 둘러대기도 했다. 물어봤던 말을 만날 때마다 또 물어보기도 했다. 기억력이 나쁜가 아니면 다른 생각, 다른 사람이 있는지 아리송하기도 했다.

선호는 금요일부터 쉬고 일요일 오후 출근했다. 그래서 선미는 평소에 가고 싶었던 조도와 관매도에 가자고 선호를 부추겼다. 두 섬 다 돈대산이 있어 산행도 할 수 있다고 말했다. 결국 조도에서 일박하고 관매도까지 왔다. 수평선이 보이는 고갯마루에는 '우실'이라는 거대한 바람막이 돌담이 있었다. 드센 바닷바람으로부터 농작물과 마을을 지키기 위해 세운 것으로 마을로 들어오는 재액과 역신을 차단하는 역할을 한다. 선미는 미리 우실을 치고 있는 자신을 생각하며 쓴웃음을 지었다. 그걸 아는 선호는 놀리듯이 말했다.

"우실이 누구 같네."

"상여가 나갈 때는 산 자와 죽은 자의 이별 공간이라는 말도 있어."

황당해하는 선호를 뒤로하고 선미는 발걸음을 재촉했다. 삼만 평에 수백 년이 된 곰솔 숲에서는 캠핑도 가능했다. 앞에는 해수욕장의 백사장이 어느 동남아 휴양지 못지않았다. 게다가 끝없이 밀려 나가 수평선이 지평선으로 바뀔 정도로 물이 빠질 때는 그냥 바다가 아니었다. 새로운 세계가 열렸다. 하늘은 핑크빛으로 물들었다가 오렌지빛으로 더해졌다. 빛에 물든 바다는 온통 황홀경에 빠지게 했다. 선미는 울어도 좋을 만큼 멋진 광경이 눈앞에 펼쳐져 넋을 잃고 하염없이 바라보았다. 딴짓하는 선호를 붙잡고 제발 좀 보라고 떼를 쓰며 말했다.

다음 날, 배가 2시와 4시에 있는 걸 확인하고 선미는 더 머물고 싶어 4시 배로 나가자고 했다. 선착장에서 관매도 최고봉인 돈대산을 올랐다. 관호마을도 보이고 하늘다리도 보였다. 산이 있어 선호가 덜 지겨운 것 같았다. 선호의 다리는 로봇 다리처럼 산만 보면 멈출 줄 몰랐다. 그때 동네 스피커에서 뭐라고 하는데 바람 소리에 잘 들리지 않지만 '태풍'이라는 말이 들렸다. 선착장으로 다시 가서 물어보니 오후 늦게 '태풍'이 지나가서 4시 배는 뜨지 않고 2시 배가 오늘 마지막 배라고 했다. 둘이는 정신없이 뛰었다. 벌써 1시가 넘었기 때문이었다. 하지만 선미는 배를 놓치고 싶었다. 아무래도 다시 오기는 쉽지 않을 것 같았다. 아는 사람이 하나도 없는 곳이라 마음이 편했다. 눈치 보지 않고 자유롭게 시간을 보내기가 쉽지 않았다.

선미는 고요한 바다에 바람도 별로 없는데 무슨 태풍이 온다는 건지 의아했다. 눈치껏 미적거리는 선미와 달리 선호는 땅이 무너지는 듯, 번갯불에 콩 구워 먹듯이 장비를 정리하고 짐을 쌌다. 멀리 선착장에는 배가 들어와 있었다. 20분 정도 거리라 둘은 뛰었다. 배는 이미 승선이 끝나고 닻을 올리고 있었다. 뛰어오는 걸 보고도 마치 그럴 줄 알았다는 듯, 조롱하듯이 배는 미끄러져 나갔다. "오늘 막배면 태워서 가야지. 인정머리 없는 사람들 같으니!" 선호는 씩씩거리며 배를 향해 손가락질하고 발을 동동 굴렀다. 그때부터 선호의 신경질이 시작되었다. 지방의 작은 신문사다 보니 편집 일만 하는 것이 아니라 자신의 손이 가야만 되는 일이 많다는 거였다. 선미는 어머니가 생각났다. 자기가 아니면 안 된다는 식으로 많은 일을 혼자 도맡아 했다. 세상은 아무 일 없이 돌아가는데 말이다. 인간은 착각 속에서 자기 존재의 의미를 발견하곤 한다.

"무슨 70년, 80년 레퍼토리를 읊냐고요? 헐, 지금 실제 상황이에요. 섬은 옛날 그대로인데 사람 사는 일에 신식, 구식 테마가 어디 있어요?"

편집장에게 도리어 소리를 지르고는 이내 풀이 죽어 선호는 왔다갔다 하며 통화가 길어졌다. 통화가 끝난 후에도 화가 안 풀렸는지 선호는 계속 짜증을 냈다. 선미는 이미 벌어진 일이니 너무 그렇게 난리 치지 말라고 했다. 배가 뜨지 않으면 갈 방법이 없었다. 회사에도 보고했고, 내일 아침 배가 뜨면 출발하면 되니 남은 시간을 잘 보내는 것이 현명하다고 해도 선호는 대답이 없었다.

해가 어스름히 넘어갈 때 선미의 말이 맞았는지 기분이 풀리는 분위기였다. 선호와 같이 다닐수록 선미에게는 넘어야 할 산이 선호였다. 산행이나 여행이나 길 위에 서면 언제나 변수가 생길 수 있었다. 그럴 때마다 선호는 불같이 신경질을 냈다. 새로운 길을 찾거나 가장 합리적인 최선의 선택을 해야 했다. 선미는 돌아와서 한동안 후유증을 앓았고 선호와 거리를 두려고 애를 썼다.

한 달 후, 저녁을 먹고 산책 겸 슈퍼를 가려고 나서니 슬며시 깔린 어둠은 낡은 아파트를 더 빈민가처럼 보이게 했다. 아파트 주차장에는 선호의 차가 있었다. 시외로 움직일 때는 엘피지로 개조한 그 차로 움직였다. 가로등에 비친 차 안에는 여전히 선미가 쓰던 무릎담요와 기댔던 쿠션이 뒷유리에 올라와 있었다. 지난주에도 차가 있었다. 금요일은 쉬는 날이라 언제나 미친 듯이 산에 가고 없었는데. 또 있었다.

어디가 아픈지, 선미는 선호 걱정으로 발걸음이 무거워졌다. 도로가 보이는 상가 건물 끝의 떡집을 돌자 신호등 있는 건널목을 건넌 사람들이 좁은 골목 쪽으로 들어왔다. 어, 하는 순간 눈에 익은 조끼에 손을 넣은 선호가 겸연쩍은 미소를 띠고 지나쳤다. 뭐야? 하는 찰나 그의 뒤를 따라오며 좋알거리는 여자가 있었다. 슈퍼의 비닐봉지를 든 여자는 쉴 새 없이 뭐라고 하고, 선호는 듣는지 마는지 걸음을 재촉했다. 순간 너무 놀라 뒤를 돌아봤다. 선호는 더 빨리 가고 그 여자는 거의 뛰다시피 그를 따르고 있었다. 믿어지지 않아 지름길로 간 선미는 멀리 아파트 통로 현관문이 보이는 계단에 서서 그쪽을 보았다. 조금 뒤 차에서 짐을 잔뜩 꺼내 들고 그 여자와 같이 아파트 현관으로 들어가는 선호가 보였다.

눈이 낮은가? 몸도 뚱뚱하고 세련되어 보이지 않는 말투로 봐서는 이해가 가지 않았다. 아니, 어쩜 딱 맞는 여자일지도. 얼마 전에도 문자가 오지 않았나? 아니야, 답을 하지 않았기 때문일 거야. 답을 하지 않아야 선호도 자유로워진다고 생각했다. 선미도 선호와의 갈등이 추억으로 변하여 다시 선호가 그리워질 때까지는 시간이 필요했다. 그의 방에는 선미가 준 커튼도 그대로 있을 테고, 직접 만들어 준 침대 위의 쿠션도 뒹굴고 있겠지.

선미와 선호를 보면서 사람들은 당연히 누나와 동생이라고 생각했다. 그것도 친남매로 생각하고는 했다. 별로 닮지는 않았는데, 이름에서 연상하는 경우가 많았다. 선미는 사람들이 문자에 갇힌 거라고 했다. 사람들은 언어의 구속이든 인식의 구속이든 구속을 싫어하면서도 은근히 자신의 잣대로 구속하여 규정을 짓는 경우가 많다. 다른 사람이 남매로 생각하기 때문에 선호는 당당함을 가장할 수 있었지만, 선미는 괜히 속상한 마음이 들었다. 같이 취해 키스할 때는 양심의 가책마저 들었다. 침대에서 척추 마디를 누르면서 산 이름을 명명하며 가슴을 안을 때도, 땀이 밴 손이 등줄기를 훑어 내려갈 때도 긴장했다. 자신을 속이는 기분이었지만 자기 마음을 잘 모르겠다고 생각했다.

며칠 후 강의를 하기 위해 PPT를 띄워야 하는데, 노트북의 용량이 작아 제대로 작동이 되지 않았다. 선미는 기계치라서 컴퓨터와 씨름할 때가 많았다. 편할 때는 선호를 불러 고치고, 점심을 차려주면 선호는 밥을 먹고 바로 출근을 하곤 했다. 여자 친구도 생긴 모양인데, 선호를 부르지 않으려고 인터넷으로 검색하고 혼자 이리저리 궁리를 해 보았다. 시간만 가고 해결되는 게 없었다.

기다렸다는 듯이 전화를 받자마자 선호가 왔다. 약간 굳은 얼굴로 컴퓨터만 만지작거리며 컴퓨터가 고장 나기만 기다렸다고 했다.

"잘 돼 가?"

"뭐가요?"

"그 통통한 애랑?"

"어떻게든 잘해 보려고 했는데, 잘 안 됐어요."

"왜?"

"그냥요."

"오래된 모양이구나."

"……."

선미는 혼자 생각했다. '얼마 되지 않는 사이에 많은 일이 있었구나. 젊은 남자가 그렇지. 뭐, 잘도 만나네.' 선호한테 자신의 존재감이 없다는 걸 생각하니 선미는 너무 서운했다. 한참 후 선호는 겸연쩍은 얼굴로 말했다.

"누나한테 미안하고, 고맙고 그래요."

"뭐가?"

"그냥요."

지금까지 양다리를 걸친 건가. 하긴 누나라고 그 대열에 넣어주긴 하나. 각자 생각에 잠겨 긴 침묵이 흘렀다.

"히말라야에 가려고 연차 냈어요!"

"왜? 자리 비우면 안 된다며?"

"누나 말처럼 저 없어도 회사 일은 누군가가 대신하겠죠."

"회사 생각만 해?"

"걱정되세요?"

"영원히 돌아올 수 없을지도 몰라. 가지 말지."

"부르기만 하면 내가 죽을 때까지 컴퓨터 고쳐주러 올게요. 아니 죽어서도 옆에 있을게요. 됐죠?"

선미는 심장 박동이 빨라지는 걸 느끼며 알 수 없는 불안감이 들었다. 선호에게 미련을 가진 자신이 점점 싫어졌다. 돈도 되지 않고 일만 많은 프로젝트를 맡아 몰입했다. 선호의 카톡도 일부러 보지도 않고 한동안 내버려 뒀다.

선미에게 전화가 왔다. 모르는 번호라 전화를 받지 않으려고 했는데 뒤의 네 자리 번호가 왠지 익숙하게 느껴졌다. 잠시 후 가라앉은 무거운 음성이 들렸다.

"선호 형입니다. 선호한테 얘기 많이 들었어요. 선호가 안나푸르나에 갔어요."

"결국 갔네요."

"근데…… 죽어서 돌아왔어요."

마지막 소리는 환청처럼 들렸다. 요즘 집중도 못 하고 어수선하게 시간을 보내더니 마음을 잡기 위해 안나푸르나 등정에 합류하기로 했다고 한다. 그런데 안나푸르나 데우랄리 산장에서 하산하던 도중 눈사태 휩쓸려 실종됐다고 했다. 며칠 전에 텔레비전 뉴스에서 본 기억이 났다.

베이스캠프 도보여행 코스인 데우랄리 지역을 지나던 도중 눈사태가 발생해 한국인 4명과 네팔인 세파 1명까지 모두 5명이 실종됐습니다. 매몰 추정 지점은 응달에 눈이 4~5m가량 쌓여 현장은 사고 당시 눈사태로 눈과 얼음 무더기가 길가 계곡 아래까지 밀고 내려갔습니다. 모두 평균 10m 깊이의 얼음과 눈 아래에 묻혀있고 사고 직후 눈사태가 이어져 수색이 어려웠습니다. 다행히 며칠 동안 기온이 오르고 비까지 내리면서 사고 현장에 쌓인 눈이 녹아 신

원이 밝혀져 시신을 수습해서 왔습니다.

선호가 가기 전에 형과 한잔하면서 농담처럼 한 말이 있는데 혹시나 무슨 일이 생기면 누나한테 자신의 흔적을 갖다 주라고. 바로 화장을 시켜 납골당에 있는데 부모님 몰래 뼛가루 한 줌을 가져다주려고 전화했단다. 이게 말이 된단 말인가? 진짜 죽었다고? 그것도 내가 쓴 엉터리 소설처럼 산에 가서 눈 속에 파묻혀 죽었단 말인가? 알 수 없는 죽음의 기운이 그를 덮쳤을까? 선미는 동백꽃이 떨어지듯 팔이 '툭' 떨어지는 느낌이 들었다. 모든 것이 자신의 탓인 것 같아 미안했다. 이제는 영원히 선호를 볼 수 없다는 생각에 누워서 며칠을 보냈다.

모처럼 문을 나서 선호가 살던 옆 동인 107동을 지나갔다. 선미는 지날 때마다 쳐다보던 그 집을 보니 가슴이 아려왔다. 동 사이에 있는 분리수거장에는 오늘도 쓰레기가 많았다. 누가 이사를 하는지 의자, 책상 등이 버려져 있다. 가만, 저건 선호의 짐이 아닌가. 물건을 갖다 나르는 사람은 어느 구석에 선호의 그림자가 깃든 게 꼭 선호의 형 같았다.

"저, 혹시 선호의 형이세요?"

"예, 잠깐만 기다리세요."

접이식 침대, 탁자 대용으로 썼던 야외 테이블, 작은 조명등, 선미가 준 쿠션, 화분 등이 다른 물건들 사이에 보였다. 버려진 물건과 함께 선호와의 추억도 버려지고 있었다. 산행 때마다 신이 나서 지나가는 사람들에게 말을 걸곤 했지. 설악산을 몇 번을 가고, 지리산을 몇 번을 가고, 숨은 명소를 가르쳐 주는 것이 세상에서 제일 재밌는 일 같았다. 선호의 형은 선호 집에서 다른 짐을 가져와 내려놓고 호주머니에서 뭔가를 꺼내어 줬다.

"이것……."

선호가 가지고 다니던 등산 손수건을 내밀었는데, 뭔가 들어 있었다.

"선호가 원하는 일이라 무시하기도 그렇고, 드리긴 하는데 싫으면 받지 않으셔도 되고, 묻어도 됩니다."

선미는 그것을 얼떨결에 받아 들었는데 늘 뜨겁던 선호의 체온이 느껴졌다. 어릴 때 열병을 앓았는지 선호는 더위를 많이 타고 겨울에도 땀을 흘렸다. 손수건을 호주머니에 넣었는데 선호 손처럼 따뜻했다. 추울 때 손이 시리다고 하면 선호는 선미의 손을 깍지 끼고 자기 호주머니에 넣었다. 아마 안나푸르나에서 정말 상쾌하고 좋았을 것 같았다. 겨울에 혼자 눈밭에서 비박하고 온 얘기를 많이 했다. 처음엔 괴상한 소리를 내는 고라니 울음소리에 잠을 못 잤지만 지금은 그 소리가 들려도 세상에서 가장 편하게 잔다고 했다. 산속에서 혼자 불

멍할 때는 머릿속이 백지가 되고 자신의 육신이 자연의 일부가 되어 버린 것 같다고 했다. 선호를 납골당에서 꺼내주고 싶었다.

이제 죽어서 영원히 돌아온 그를 식탁 위에 두고 바라보았다. 선호가 늘 하던 말이 들렸다.

"뭐 해?"

밤이 되자, 선미는 사람들이 뜸한 틈을 타 선호의 짐을 자기 집으로 옮겼다. 유난히 많은 텐트와 침낭, 선미가 준 물건들을 가져와 방 한 칸을 선호의 공간으로 꾸몄다. 뭔가 빠진 것 같으면 다시 쓰레기장을 뒤져 선호의 물건을 챙겨왔다. 닦고 세탁하여 방을 꾸몄더니 축소된 선호의 집처럼 느껴졌다. 그리고 인터넷을 뒤져 히말라야 산처럼 눈이 덮인 산맥이 그려진 대형 벽지로 인테리어를 했다. 사방이 산으로 둘러싸인 산속이었다. 한가운데 텐트가 쳐져 있고, 작은 야외 테이블 위에 등불까지도, 많이 본 듯한 풍경이다. 선미는 이제 산에 갈 필요가 없었다. 선호는 영원히 이 산속에 머물러 있다.

기운을 차린 선미는 선호가 좋아하는 반찬을 만들어 텐트 앞 테이블에 차린다. 선호가 흐뭇한 미소를 띠고 맛있게 먹는다. 선미는 생기를 띠고 강의 준비를 하며 콧노래도 부르고 예쁘게 화장을 한다.

알혼섬에 묻다

　　　　　　　　　　　　＊

　　나는 전남편의 돈을 가지고 지금 시베리아 횡단 열차를 타러 간
다. 가스레인지 옆에 기름때가 낄까 봐 달력에서 오려 붙인 바이칼
호수에 가기 위해서이다. 골목을 빠져나와 버스정류장까지 가는데
본 사람은 거의 없다. 여기를 벗어나면 달라질 수도 있겠다는 생각이
들었다. 몇천만 년이나 된 호수에 들어가 다시 태어나고 싶다는 갈망
에서 시작되었다. 아침이 되면 난리가 날지도 모른다. 어두워서 밖
은 잘 보이지 않고 십여 년 전 이 시각쯤에 차창으로 고개를 돌리고
울고 있던 여자가 겹쳐 보인다.

　　며칠 전, 여느 때처럼 가방 가득 학습지를 넣고 나섰다. 대단지 아
파트 안에서 수업하는 날이라 늦게까지 바빴다. 옆 라인 수업이 끝
나고 다른 쪽 통로 수업을 하기 위해 입구에 들어섰다. 노트북 가방
과 쇼핑백을 들고 엘리베이터를 기다리는 어떤 남자의 뒷모습이 보
였다. 문이 열리고 남자가 들어가는 것이 보이자 급한 마음에 나는

뛰어 들어갔다. 수업하는 집의 층을 누르고 돌아서는 순간 그 남자와 눈이 마주쳤다. 놀란 눈이 안경알을 가득 채웠다.

"어디 가노? 내 따라왔나?"

전남편이었다. 십 년 만에 봤다.

"아뇨, 수업 가는데……."

내 말에 짧은 숨을 내쉬고 안심이 되는 듯 조금 낮은 목소리로 '마치고 차 한잔 하고 가'고 내리면서 802호를 가리켰다. 그의 모습은 별로 달라진 게 없었다. 이 라인 수업을 몇 년째 했는데 왜 지금까지 못 봤는지 모르겠다. 게시판의 전세, 매매 공고를 가끔 보는데 전세가 몇억 대가 넘었다. 근데 여기 살다니, 어떻게 그럴 수 있는지 말이 안 나왔다. 양육비도 지난해부터 겨우 한 과목 학원비 정도 주면서……. 머리가 뒤죽박죽되었다. 수업을 하는 둥 마는 둥 밖으로 나와 아파트를 올려다보았다. 집으로 가려다 다시 엘리베이터를 타고 올라가 그가 가르쳐 준 호수의 벨을 눌렀다. 아까와는 달리 가벼운 운동복 차림으로 문을 열어 주었다.

"들어와, 차 한잔 줄게."

현관에는 구두 한 켤레와 슬리퍼 한 켤레가 있었다. 거실은 휑하니 넓기만 했다. 벽걸이 텔레비전이 한 벽면을 차지하고 맞은편에는 아무 장식이 없는 큼직한 검은색 소파가 덩그러니 놓여 있었다. 소파에 앉자 그가 커피를 타 왔다.

"난 늦은 밤에 커피 안 마셔요."

긴 세월에 그는 내 습관을 잊은 것 같다. 하긴 이혼한 지가 같이 살았던 세월을 앞서가는 시점이었다. 그때도 커피 향을 좋아해 마시지 않는 커피를 탁자에 올려놓기도 했다. 그는 인상을 쓰면서 갑자기 소리를 질렀다.

"진작 말하지."

"물어보지 않았잖아요."

같이 살았던 적이 있었던 사람이라고 말을 편하게 하는 그를 보니 뜨악했다. 십 년 만에 하는 대화는 이렇게 어긋나고 있었다. 식탁 위에 아무것도 없었다. 혼자 사는 모양이었다. 마치 주인을 닮은 듯 사람 냄새와 온기가 없는 집이었다. 더 있을 필요가 없었다. 몸을 잔뜩 웅크리고 일어서는 나를 의아하게 쳐다봤다.

"혼자 지내니까 보일러를 안 틀어. 잠깐만 기다려."

"됐어요."

다른 사람 기분을 살피거나 생각을 묻지 않는 버릇은 여전했다. 아쉬운 듯 묘한 그의 표정을 모른 체하고 나왔다.

집에 와서 아무리 생각을 해도 분이 풀리지 않았다. 처음부터 양육비를 달라고 하라며 주변에서 다그쳤다. '자기 아들인데 형편이 되면 알아서 주겠지' 하고 생각한 세월이 억울했다. 밤새 훌쩍거리는 엄마를 보고 걱정이 된 아들이 아프냐고 자꾸 물었다. 있었던 이야기를 하면서도 서글픈 생각에, 참았던 눈물이 자꾸만 흘렀다. 십 분 거리에 하늘과 땅 차이로 살고 있는 현실에 기가 막혔다. 전남편에 대한 원망을 지울 수가 없었다. 아들은 도움 없이도 지금까지 잘 살았다며 위로를 하지만 귀에 들어오지 않았다.

아들이 대학 입학을 앞두고 아빠를 만나고 왔다. 미안했는지 전남편이 아이의 원룸 계약금을 내 통장으로 보냈다. 시험 기간이라 과외 보충으로 시간이 없다고 대신 가라고 말했다. 다시 돈을 찾아야 하는데 공인인증서 만드는 일을 미루다 보니 공휴일에 찾을 수가 없었다. 대학촌에서 가장 성수기인 입학 시즌에 계약금을 다 받지 않고 계약할 주인은 없다. 전남편은 가서 보고 회사 돈으로 계약할 테니 보냈던 돈을 월요일에 부치라고 했다. 돈을 보내지 않고 버티기로 마음을 먹었다.

전화를 받지 않자 계속 문자가 왔다. 사정에서 협박조로 변했다. 내가 원해서 이혼을 했지만 너무 잘 산다는 생각이 들어 수중에 들어온 돈만큼은 주고 싶지 않았다. 남편은 아들에게 전화하기 시작했다. 그 돈 보내지 않으면 앞으로 용돈도 없다고 소리 질렀다. 아들은 무엇을 기대하느냐며 그냥 주자고 했다. 밤새 이 돈으로 무언가를 해야 한다는 생각이 머리에 가득 찼다. 아들 입학식이 끝나면 여기를 탈출하는 거야. 어차피 이제는 혼자 남게 되니까.

이혼 후 처음에 일자리가 없어 여성 가장들을 위한 요리학원을 다녔다. 실습하고 가져온 반찬으로 먹고 교통비와 식대 명목으로 나온 지원금으로 생활비를 했다. 모자라는 돈을 보충하기 위해 최대한 뭐든 줄일 수밖에 없었다. 아무리 생각해도 대책이 서지 않아 아는 사람을 수소문해서 학습지 교사가 되기로 했다. 부천에 있는 본사로 연수를 받으러 가는데 비가 부슬부슬 내렸다. 길도 모르고, 캄캄한 밤에 날은 추웠다. 수원에서 부천 가는 막차를 타면서 눈물 같은 비를 흠뻑 맞았다. 차창 밖으로 고개를 돌려 소리 죽여 흐느꼈다.

블라디보스토크에 도착했다. 여기서 시베리아 횡단 열차를 나흘 타고 중간에 있는 이르쿠츠크에 내려 바이칼 호수로 갈 거다. 아랍 글자와 알파벳이 섞인 듯이 보이는 거리의 러시아어는 무척 낯선 느낌이 들었다. 내가 다른 세상에 있다는 사실에 기뻤다. 정복을 입은 여차장이 담당 칸 앞에서 일일이 여권과 기차표를 대조한 다음 승차를 허락하고 있었다. 순간 남의 돈을 가지고 도망쳐서 인터폴 같은 데서 잡으러 온 것 같은 생각에 긴장되었다. '오백만 원밖에 안 되고, 남편도 나도 유명한 사람이 아닌데 뭐' 하는 생각으로 애써 무장을 했다. 나는 그녀보다 더 싸늘한 표정으로 표를 내밀었다.

열차에 탑승하여 미리 예약한 가장 싼 개방형 쿠페에 들어갔다. 모두 2층 침대열차로 사모바르와 양쪽에 화장실과 세면실이 있으며, 한쪽 창가로 복도가 연결되는 구조였다. 화장실에는 변기 커버가 양

철 같은 쇠로 되어 있었다. 녹이 슬고 변기 내부도 오래되어 누렇게 변해 광택 자체가 없었다. 볼일 후 발로 밟으면 내용물이 그대로 철로에 버려진다. 그래서 정차 전후로 문을 잠갔다. 세면기는 그냥 물을 받을 수는 없고, 손가락 하나로 윗부분을 누르고 있어야만 물이 나온다. 구멍을 막거나 페트병에 물을 받아 머리는 바닥에서 감아야 한다. 나흘 동안 샤워는 엄두도 낼 수 없다. 하지만 낯선 풍경에도 호들갑을 떨 필요가 없었다. 나는 그런 집에 살고 있으니까.

짐을 정리해서 아이와 오래된 주택지인 도서관 근처로 이사를 했다. 은월 지구 재개발이 계획된 곳이다. 위층은 주인이 살고 아래층은 모두 셋방이었다. 우리 방은 안쪽 맨 끝이었다. 세탁기는 둘 곳이 없어 마당에 두었다. 방 밑에는 큰 지하실 창고가 있었다. 책과 의자, 책상을 지하실에 보관하러 내려갈 때 천장에서는 물방울이 떨어지고 있었다. 방은 두 개인데 가운데 부엌이 푹 꺼져 있는 재래식 구조 그대로였다. 방 입구 마당에는 화장실과 욕실이 있었다. 처음에는 이거라도 있어 다행이라는 생각을 했다.

겨울이 되자 보일러 온도를 끝까지 올려도 좀처럼 따뜻해지지 않았다. 언제나 벽 쪽은 바깥 공기를 그대로 품고 있었다. 비닐과 문풍지로 막아 환기가 안 돼서 그런지 온통 곰팡이가 검게 피었다. 3단 서랍장 위에 놓인 텔레비전만 다른 세상을 보여 주었다. 마당에 있는 화장실과 욕실 수도는 아무리 더운물을 부어도 물이 안 나왔다.

아들은 결국 도서관 화장실을 이용했다. 세수와 머리 감는 일도 부엌 바닥에서 했다. 배수구가 막혀 바닥에 고인 물을 빼기 위해 펌프질을 계속해야만 했다. 어두운 부엌에서 바이칼 호수 사진만 가을 하늘처럼 더 맑게 빛났다. 언젠가 저기를 꼭 갈 거라는 생각을 하며 날마다 행주로 닦아냈다.

기차 안에는 여자 승무원이 교대로 근무하며 객실을 청소하고 자리를 정돈했다. 그들은 표정도 없고 친절한 편이 아니다. 남편처럼 무뚝뚝한 것 같아 그네들과 눈을 마주치기 싫었다. 짐 정리를 하고 시계를 보니 저녁때가 되었지만 백야 현상으로 밖은 환했다. 추운 우리 집에도 해가 사라지지 않았으면 좋겠다. 낮에도 볕이 들어오지 않아 썰렁한 냉기를 품고 있는 내 방이 떠올랐다. 지하실의 어두침침하고 서늘한 기운이 위로 올라와 방까지 점령해 버린 것 같았다.

여행사에서 제공한 안내서에는 햇반에 고추장을 비벼 먹는 기차 안에서의 식사법을 소개했다. 간단해서 그대로 해 보았지만 넘어가질 않았다. 밥이 딱딱하게 굳은 데다 밥알이 알알이 떨어졌다. 봉천동 산꼭대기에서 자취할 때 먹은 식은 밥 같았다. 연탄불이 꺼지면 불이 붙은 연탄을 사 넣어도 방안은 좀처럼 따뜻해지지 않았다. 대학 다니는 동생들은 오지 않고 구로 공단 공순이는 혼자 찬밥을 소리 없이 꾸역꾸역 밀어 넣었다.

밤 열한 시가 넘어서 어두워진 대지 위를 기차는 여전히 덜컹거리면서도 빠르게 달렸다. 개간하지 않고 황무지로 내버려 둔 들판이 끝도 없이 이어졌다. 침대에 누워 있으면 말 등에 누워 있는 느낌이었다. 기차의 거칠고 힘든 숨소리와 바람 소리가 온몸으로 느껴졌다. 어느 순간 눈을 뜨니 밤새 달려온 기차가 새벽녘에 멈추어 있었다. 이 역에서 잠깐 쉬어 가나 했더니 다시 움직이기 시작했다. 간이역에서는 짧게 정차해서 물만 공급받고 계속 가는 것이었다. 찬밥 한 덩어리를 물에 말아 먹고 묵묵히 가는 내 모습 같았다. 앞으로 달리기만 하는 기차가 고단해 보였다.

간이역 차창 너머 무거운 가방을 혼자 끙끙거리며 들고 가는 러시아 여자가 보였다. 크고 작은 트렁크를 들고, 어깨엔 가방을 메고, 입에는 담배를 문 채 어디로 가는지. 나처럼 지쳐서 도망가는 것일까? 학습지를 가득 넣은 가방을 들고 나는 늘 어깨가 한쪽으로 기운 채 지친 발걸음을 옮겼다. 신입이라 배정받은 지역은 시외에 가까웠다. 수업 시간을 빼고도 버스로 왕복 2시간이 걸리고 차를 놓치면 한 시간 이상 기다려야 했다. 파김치가 되어서 골방으로 돌아와 누워도 잠이 오지 않았다. 결국 허리디스크로 밥도 못 먹고 누워 있자 선배 언니가 병원으로 업고 갔다. 병원 치료와 진통제로 버텨 나갔다. 살 만해지자 오전에 더 할 수 있는 일을 찾아다녔다. 아침에 출근하면 자유롭게 시간을 이용할 수 있다는 말을 듣고 보험회사로 갔다. 자격

증도 땄지만 중요한 건 영업 실적이었다. 무엇보다도 주변의 시선이 몸을 오그라들게 했다. 어쩌다 아는 선배나 남자들을 만나면 색안경을 끼고 보는 바람에 결국 그만두었다. 주말에는 정보지 리포터 일을 아르바이트로 했다. 발로 뛰고, 사진을 찍고, 하는 일에 비해 수당은 적었다. 스트레스만 쌓이고 몸만 축나게 되었다.

이 기차 안에서 그냥 아무것도 하지 않았고, 하고 싶지도 않았다. 아니, 할 것도 없었다. 어쩜 시베리아 횡단 열차를 선택한 것도 그런 이유인지도 모른다. 잠을 자거나 차창을 바라보는 것밖에 없다. 너무 피로해서 책은 보고 싶지 않았다. 맑고 깨끗한 눈으로 바이칼 호수를 보고 싶었다. 창밖에는 널빤지 울타리가 처져 있고 슬레이트 지붕에 삼각형 모양의 작은 집들이 평화롭게 보였다. 끝없이 펼쳐진 숲과 풀밭 사이로 간간이 시내가 흐르고 열차는 인적이 없는 들판을 쉼없이 달렸다. 대평원에는 잔잔한 야생화가 수채화처럼 펼쳐졌다. 메추리 알 같은, 개망초 꽃을 보니 어린 시절 고향 들녘 같아 반가웠다. 푸근한 맘이 들자 스르르 잠이 왔다.

앞은 단발머리고 뒤는 삼부로 바짝 깎아 올린 아이들이 벌판을 뛰어놀고 있다. 배동 오른 삘기를 뽑아 껌처럼 질겅질겅 씹으며 언덕 위를 구른다. 누가 빨리 굴러가나 시합하는 것이다. 찔레순을 따 먹다 심심한지 노래자랑대회를 연다. 엉덩이를 실룩거리며 어른 흉내를 내는 친구 때문에 배를 잡고 웃는다. 입가에 웃음을 훔치며 깼다.

잠에 취해 얼마나 잤는지 감도 없고, 깨우는 사람도 없다. 시간도 모른다. 알 필요도 없다. 늘 토막잠을 자다가 가끔 동면하는 동물이 되기도 했다. 열차는 계속 가고 나는 가만히 있기만 하면 된다. 가만히.

새벽녘에 열차는 하바롭스크 역으로 들어섰다. 힘들게 달려온 열차는 무거운 짐을 내려놓은 듯 또 깊은 한숨을 내쉬다가 '크응' 하며 서서히 멈추었다. 역 앞에는 레닌 동상이 있었다. 전남편처럼 작은 키에 배를 쑥 내밀고 서 있었다. 그를 연상하는 것이 싫어 몸서리치듯이 머리를 흔들었다. 빨리 지나쳐 음료수만 사고 기차 안으로 뛰어왔다. 가장 안전한 곳이 기차 안인 것 같았다. 기차는 다시 출발하여 아무리 둘러봐도 산이라고는 없는 넓은 평원으로 달렸다. 마침내 자작나무 숲이 나타나기 시작했다. 자작나무는 허물을 벗고 맨몸으로 서 있는 듯하고, 눈을 뒤집어쓴 것 같기도 했다.

동이 터오는 새벽에 기차는 울란우데에서 숨을 고르고 계속 갔다. 이 구간에서 이윽고 호수가 나타났다. 그토록 보고 싶은 샤먼의 바다—그렇게 불러야 할 것 같았다— 바이칼이다. 흰 뭉게구름이 뭉실뭉실 떠 있고 하늘과 호수는 온통 파랗게 빛나고 있었다. 건너편이 보이지 않을 정도로 수평선이 끝이 없었다.

정말 시베리아의 파리라고 불릴 만큼 이르쿠츠크 역은 화려한 고대 궁전처럼 아름다웠다. 내린다고 생각하니 아쉬운 마음이 들었다.

언제 이 기차를 다시 탈 수 있을까? 뒤를 돌아보니 많은 사람이 내리고 있었다. 나는 무거운 짐을 두고 내린 듯 속이 후련했다. 이르쿠츠크에서 바이칼 호수에 있는 알혼섬까지 몇 시간쯤 걸린다. 가는 길은 외길이고 신호등도 없었다. 천릿길에 넓은 초원이 펼쳐지고 가끔 목장이 나타나는데 말을 타고 초원 위로 끝없이 달리면 속이 뚫릴 것 같았다. 길목에는 우리 서낭당과 비슷한 것이 곳곳에 있었다. 종을 치고 물이나 술을 뿌리며 고사를 지내는 모습도 보였다. 자작나무 숲에는 소망과 안녕을 기원하는 색색의 헝겊이 동여매져 시베리아 바람에 나부꼈다. 목을 맨 친구가 떠올랐다. 당산나무 기둥에 매인 천 조각들은 나를 유혹했다. 아무리 노력해도 나아지지 않는 현실에 대한 절망감이 슬그머니 고개를 들었다.

아침부터 날씨가 잿빛으로 흐려 몸과 마음이 물 축인 솜 같았다. 알혼섬으로 가기 위해 선착장에 도착하니 배를 기다리는 줄이 너무나 길게 서 있었다. 횡단 열차 안에서는 없던 우리나라 단체 관광객도 보였다. 지루할 만큼 오랫동안 기다려야만 했다. 화장실을 찾으려고 두리번거리다가 한국인으로 보이는 덩치 큰 남자에게 물었다. 그는 여유 있는 미소를 띠고 "저기요" 하며 손가락으로 가리켰다. 바지선을 기다리는 동안 땅 위로 빗물이 서서히 스며들었다. 비옷을 꺼내 입고 배를 탔다. 배는 느리게 움직이고 날씨 탓인지 이곳의 물도 뿌옇다. 시베리아에는 기차도, 배도 다 느린 것 같다. 차라리 시간이 정지되면 좋을 것 같았다.

비까지 오면 안 될 것 같은 생각이 들었는지 도중에 비는 오다가 말았다. 내려서 식빵 모양을 한 우아직을 타고 갔다. 차도 많이 낡았고 비포장도로라 덜컹거리고 먼지가 많이 났다. 이름처럼 나무도 없고 메마른, 시베리아의 심장 알혼섬이다. 청년이 운전해서 그런지 신나게 흔들렸다. 그렇게 가다가 갑자기 서버렸다. 시동이 안 걸리자 오고 있는 다른 차에 합승하라고 했다. 불쾌하지만 어쩔 수가 없었다. 뒤에 오던 차가 멈추자 마침 화장실을 물어봤던 남자가 보였다. 일단 안심이 되어 탔다. 그 남자는 여전히 미소를 지어 보였다.

도착하고 보니 후지르 마을에 숙소가 많지 않아서인지 차를 탄 일행들이 같은 숙소인 통나무집을 이용하게 됐다. 저녁으로 먹은 붉은 채소 보르쉬 수프는 맛있었다. 약간 얼큰하면서 시원하고 깔끔했다. 시장하기도 하고 긴장되기도 했는데 음식을 보는 순간 편안해졌다. 건너편에서 먹고 있던 그 남자와 눈이 마주쳤다. 나는 가볍게 목례를 하고 꼬치구이 샤슬릭에서 고기 토막을 빼려고 애를 썼다. 남자는 다 먹고 나가다 나를 쳐다보았다. 긴 쇠꼬챙이에 꽂힌 고기를 빼 주고 가겠다고 했다. 별 웃기는 남자 다 보겠네, 하는 생각이 들었다. 하지만 꼬치에서 고기를 뺄 힘도, 요령도 없어 가만히 있었다. 그 남자는 고기를 빼서 접시에 양전히 담아주고는 나갔다. 고기는 진한 육즙을 내며 입안에서 나를 행복하게 했다. 친절한 사람은 누구에게나 친절하다.

방에서 쉬다가 러시아식 사우나 바냐로 나갔다. 바냐는 페치카에 불을 때고 뜨겁게 달군 후 물을 잔뜩 뿌려 습식 사우나를 만들어 놓은 공간이다. 탈의실과 샤워실은 따로 되어 있으나 사우나실은 남녀 공용이다. 옷을 벗고 하얀 큰 천으로 마치 인도 여자처럼 눈만 남기고 온몸을 휘감고 들어갔다. 너무 뜨거워서 두꺼운 털모자까지 쓰고 들어갔다. 사우나실에 들어가니 어린 딸 둘을 데리고 온 러시아 가족밖에 없었다. 아이들은 인형처럼 예뻤다. 다시 문이 열리고, 그 남자가 들어왔다. 남자는 놀랍다는 표정을 짓고 나는 반가운 기색을 보였다. 덕분에 저녁을 맛있게 먹었다고 말했다. 남자는 바닥이 뜨겁다며 덩치에 어울리지 않게 엉덩이를 들썩거렸다.

"안 뜨거워요? 대단하네요."

"네, 대단해지고 싶어서……."

내 말에 남자가 유쾌하게 웃었다. 남자는 나이가 들어 보였지만 몸은 아주 단단하게 단련되어 있었다. 뜨거운 것은 못 참겠다는 듯이 나가서 찬물로 샤워를 하고 다시 들어왔다. 서로 번갈아 가면서 나갔다 들어오기를 반복했다. 나는 체액이 다 빠져나가고 빈 껍질만 남을 것 같은 생각이 들 때까지 버텨보기로 했다. 참는 데는 이력이 났다. 지금까지 모든 일을 참으면 다 된다고 생각하고 살았다. 갑자기 시끌벅적하더니 단체 관광객이 한꺼번에 들어왔다. 남자가 나가도 자리가 비좁았다.

사우나에서 나오니 푸른빛이 도는 밤하늘에 바람이 아주 시원했다. 먼저 나간 남자가 바람을 쐬고 있었다. 사우나 때문인지 남자는 바이칼에만 사는 푸른 물고기인 오믈처럼 싱그러워 보였다.

"같이 한잔하려고 나올 때까지 기다렸어요."

로비와 식당 사이에 작은 스탠드바가 있었다. 둘이서 맥주를 마시며 어디서 왔는지, 왜 혼자 왔는지, 뭘 하는 사람인지 남자는 마구 질문을 퍼부었다. 내가 대답을 피하고 그냥 웃기만 하자 무색해져 더는 묻지 않았다. 나는 대답하기도 귀찮고 그냥 취하고 싶었다. 아무도 모르는 곳에서 나 아닌 다른 사람이 되고 싶었다. 이런저런 생각을 하자 응어리가 다시 올라와 눈물이 났다. 우는 내가 부담스러웠는지 남자는 술 먹으니 주사가 있다고 은근히 놀려댔다. 그래도 눈물이 그치지 않자 눈가가 촉촉하니 더 예쁘다고 했다. 그 말에 나는 화가 났다.

"원래 그렇게 작업하세요?"

순간 남자의 얼굴이 싸늘하게 변했다.

"혼자 여기까지 왔을 때는 누구나 이유가 있을 거요. 여행은 새로운 시작이 되기도 하고, 끝을 내기도 하죠. 어느 쪽이든 힐링이 되는 거지요."

"네, 다 묻고 가서 웃으면서 살아야죠."

"뭘 그리 물을 게 많아요. 말을 해야 힐링이 되지."

"반백이 되어도 세상살이가 만만치 않아서……."

"가슴 속의 응어리는 그냥 묻어지지 않아요. 꺼내서 다시 묻어야 영원히 묻을 수 있지."

대답도 하지 않고 내가 일어서자 남자는 서둘러 계산을 하고 뒤따라 일어섰다. 앞에는 바이칼 호수가 어렴풋이 보이고 뒤에는 호수를 닮은 초승달이 선명하게 떠 있었다. 방으로 들어오는 길에 본 북두칠성과 은하수를 보니 마치 꿈을 꾸는 듯했다. 유리 조각들이 빼곡히 꽂혀 쏟아질 듯이 빛나고 있었다. 바람결에 멀리서 신과 인간의 중개자인 샤먼이 치는 북소리가 들려오는 것 같았다. 온통 푸른빛이 감도는 바이칼 호수 한가운데 있는 알혼섬에서 나는 다시 태어나고 싶었다. 스스로 정화하여 썩지 않는, 이 호수에 사는 바이칼의 여신 바이겔 하탄이 되고 싶었다.

옆방에 단체로 온 관광객들이 떠드는 소리에 잠을 이룰 수가 없었다. 이리저리 뒤척이다 다시 밖으로 나왔다. 알혼섬 전망대 올라가는 길에 한 사람이 내려오고 있었다. 어둠 속에서 들리는 목소리는 그 남자였다. 자기도 시끄러워서 잠을 못 자서 전망대에 올라갔다 온다고 했다. 그 남자의 실루엣이 금방 그려지지 않았는데, 남자가 나를 먼저 알아본 것 같다.

"어두워서 아침에 갈 생각이었는데, 지금 가도 괜찮네요."

"불도 없는데……."

"어차피 잠자기는 틀렸어요. 안내할 테니 가볼래요?"

남자가 앞장을 서자 따라 걸었다. 흘러가는 구름이 달을 가려 안개등같이 희미한 달과 별빛만이 존재하는 우주 공간에서 내 숨소리만 감지될 것 같아 숨을 죽였다. 풀도 돌도 없고 바람만 훑어가는 빈 언덕을 걸었다. 낮에 왔더라도 덥고 힘들었을 것 같아서 따라오기를 잘했다고 말했다. 전망대에서 보니 가슴이 뚫리는 것 같았다. 밤공기에 소름이 돋기 시작했다. 남자가 윗도리를 벗어 주었다. 포근한 느낌이 피부를 감싸자 나에게도 이런 시절이 있었나 하는 생각이 들었다. 남자가 내 마음을 아는지 웃으면서 말했다.

"연애했어요, 중매했어요?"

"선보고 결혼했어요. 한 달 만에."

"오, 그렇게 좋았어요?"

그냥 웃었다. 대기업에 다니고 차와 아파트가 있어 어른들이 말하는 조건이 좋은 사람이었다. 나중에 보니 남편은 결혼하기 위해 대출을 많이 받은 모양이었다. 이 문제로 신혼 초부터 삐걱거리기 시작했다. 서로 이해하기 전에 중매로 한 결혼이라서 그런지 문화적인 차이도 많이 나서 힘들었다. 남편은 친구들과 어울려 놀기를 좋아하고 가족에 대해 별로 관심이 없었다. 잔정이 없는 성격에 어려운 환경에서 자라 피해의식도 많았다. 대출을 갚으며 아이가 커가는 재미로 살았다.

"사별?"

아까 대답하지 않았던 질문을 다시 하기 시작했다. 빤히 보는 남자를 골려주고 싶었다.

"돈 주고 이혼했어요. 이혼 안 해줄까 봐."

"멋지다!"

글쎄, 세상에 멋진 이혼이 있을까? 하도 이혼을 많이 해서 도맷값으로 넘어가 억울한 생각까지 들곤 했었다. 새벽 출근길에 인사 사고가 나고, 피해자 가족들이 집으로 몰려와 내 머리를 뜯기도 했다. 남편은 회사를 그만두고 퇴직금으로 책 대여점을 차리고 나는 가게 앞에서 핫도그 장사를 했다. 뜻대로 안 되자 남편은 법인 보험회사에 다니기도 하며 노력을 하는 것으로 보였다. 그 와중에 음주 사고, 뺑소니 사고로 말썽을 부리고 마치 사춘기 소년처럼 굴기도 했다. 남은 퇴직금도 주식투자로 다 날려 버렸다. 그는 점점 무기력한 백수로 전락하고 있었다. 혼자 투잡을 하면서 살기 위해 발버둥을 쳤다. 하지만 그를 일으켜 세우려고 아무리 노력해도 소용이 없었다. 나는 이혼을 결심했다. 아이를 데려오면서도 그가 스스로 일어설 수 있도록 남은 것의 반을 주었다.

다 와서 옷을 벗어 돌려주니 차가운 공기가 파고들어 몸이 으스스 떨렸다. 배가 고픈 것처럼 속이 허전했다. 남자는 추운 것 같은데 뭐 좀 먹고 가라며 가방에서 맥주와 안주, 빵을 꺼냈다. 주는 대로 다 먹고 나니 한결 우울한 기분이 나아졌다. 밝아진 내 표정을 보더니 남자는 고개를 끄덕이며 웃는 모습이 희미하게 보였다. 추운 데다 알코올까지 들어가 포만감에 살짝 잠이 든 것 같기도 했다. 토끼잠에 길든 지 오래다.

정신없이 사는 와중에 대학원에서는 논문의 최종 시한이 올해까지라고 연락이 왔다. 그렇게 하고 싶은 공부를 했지만 마무리를 못 하자 한동안은 밑을 안 닦은 듯, 숙제를 안고 사는 느낌이었다. 남편이 공부하는 걸 달가워하지 않아 휴학을 거듭하다 겨우 수료만 했다. 바쁜 생활 속에서 논문을 까마득히 잊어버린 것이다. 새삼 그 상처가 덧나는 듯해 끝을 내기로 마음먹었다. 거의 잠을 자지 않고 쓰리잡에 논문까지 매달려 한번은 개인 수업을 하다 그 집 아이 침대에서 뻗어 버렸다. 지구가 폭발한다 해도 움직일 수가 없었다. 운전하다 아득한 안개 속에서 죽음의 문턱을 서성거리곤 했다.

늘 그랬듯이 자다가도 아이 생각에 눈을 못 뜨면 어쩌지 하는 불안감으로 잠을 깼다. 남자는 책을 보고 있었다. 아까 배고플 때 달게 먹었는지 갈증이 났다. 컵에 물인 줄 알고 마셨는데 보드카였다. 보드카는 목에 넘어가는 순간 높은 도수의 강렬함이 정수리를 치고 식도를 타고 내려가면서 전율을 느끼게 했다. 뜨거운 불덩이를 삼키는 기분이었다. 나중에 몸이 녹아져 버릴 것 같다가도 조금씩 무감각해지는 것 같기도 했다. 남자가 웃으면서 준 물 한 병을 순식간에 다 마셨다.

알혼 섬에서는 지금도 철마다 말과 양을 올려놓고 성대한 제사를 올린다. 바람결에 샤먼의 북소리가 크게 들렸다. 미친 듯이 부르한 바위로 갔다. 입구에는 큰 나무로 만든 화살촉 모양을 한 솟대가 장승처럼 서서 여러 가지 형형색색의 헝겊을 칭칭 매고 있었다. 세르게의 열주들이 신궁을 여는 문 같았다. 오방색의 헝겊을 마구 풀었다. 매듭이 보이지 않자 이빨로 뜯으면서 내 몸에 감았다. 손이 묶이자 그 장승 옆으로 돌면서 내 몸으로 옮겨 감았다. 누에가 고치를 감듯 나를 묶어 바이칼 호수에 던지고 싶었다. 진이 다 빠져 다시 똑같은 생활을 하기엔 너무 지쳤다. 인당수 바이칼 호수에서 잠들었다가 몇십 년 후에 깨어나고 싶었다. 그리곤 굴렀다. 밑에 부르한 바위가 있는 물가 쪽으로 굴러갔다. 비탈진 언덕 위에서 굴러 내려가는 순간이었다. 멀리서 샤먼의 북소리와 함께 누군가 말을 타고 달려오는 모습이 보였다.

다음 날 간 박물관이나 나중에 간 딸찌 마을에서 본 부랴트족의 문화는 우리와 비슷했다. DNA가 같다고 하더니 강강술래와 씨름도 같았다. 먼 길을 돌아 다시 우리나라에 온 기분이었다.

"우리와 비슷하네요. 하지만 요즘 아이들은 저런 놀이를 몰라요.

게임만 하지."

아들 생각이 났다. 아이는 사춘기에 접어들면서 반항이 시작되었다. 공부는 안 하고 밤새도록 게임에 빠졌다. 눈이 퀭해서 학교에 가고, 말을 해도 듣지도 않고, 성적은 점점 떨어졌다. 세상에 살맛이라고 하나도 없는 나날이었다. 컴퓨터를 고장 내어놓으면 고치고 게임 제어장치를 걸면 풀어버렸다. 키보드를 들고 일하러 가도 게임을 하고 있었다. 대책이 없는 나날들이 계속되었다.

"나 때문에 그렇게 되었나 싶어 미안했어요."

"세상이 달라진 거죠."

그 후에 엘리베이터에서 전남편을 만나 그 돈으로 시베리아 횡단열차를 타러 왔다는 말에 남자는 크게 웃었다. 남자는 내 머리를 쓰다듬었다. 마음 아파할까 봐 말 안 해도 다 아는 듯 고개를 끄덕이시던 친정아버지 같고, 바이칼 호수의 신 아바이 게세르 같았다. 크고 투박한 손이 훑어 내릴 때 엉켰던 실 뭉치가 올올이 풀렸다. 인간을 사랑한 천신 아바이는 인간의 생명이 다하는 순간까지 그들이 삶을 마음껏 누리길 바란다. 아바이 게세르에게 일러주듯이 털어놓으니 속이 시원했다. 늘 희미하게 들리는 듯했던 샤먼의 북소리가 더는 들리지 않았다.

바이칼 호수를 둘러보는 유람선은 작고 아담한 배다. 배에는 테이블과 의자가 있고 바람과 비를 피할 수 있도록 비닐 천막이 쳐져 있었다. 바다같이 끝없이 펼쳐진 호수를 가로지른다는 의미가 있지 다른 볼거리는 없었다. 선착장에 도착했을 때 나가려고 하는 배 테이블에 꽃과 선물 상자, 와인이 예쁘게 세팅되어 있고 청춘남녀 한 쌍이 웃고 있었다. 프러포즈하기 위한 이벤트인 것 같았다. 우리는 부러움 반 축하 반으로 함성을 지르며 손뼉을 쳤다. 그들은 행복한 웃음으로 답했다. 남자는 무언가 쓸쓸한 느낌으로 보고 있어 나를 어리둥절하게 만들었다.

"한강 유람선에서 프러포즈했어요, 저들처럼."

"그래서 그런……."

"CC로 만나 열렬히 연애하고 결혼을 했죠. 아이들이 2학년, 5학년이 되었을 때 골프 모임에서 부부 동반으로 필리핀을 갔어요. 그때 집사람이 탄 경비행기가 추락해서……."

"혼자 아이들 키우느라 많이 힘들었겠어요?"

사람들은 공감이 가면 자기가 하고 싶은 말을 되묻곤 한다. 지금은 다 커서 결혼해서 외국에 살고, 본인도 은퇴하고 떠돌이처럼 여행을 다닌다고 했다. 부러운 시선으로 좋겠다고 하는 내 말에 남자는 정색을 했다.

"누구나 아픔이 있고, 가보지 않는 길에 대한 환상을 가지고 있지……."

상처를 건드린 것 같아 미안한 생각에 무표정한 얼굴로 밖으로 시선을 주었다. 지나치게 진지해지면 감당이 안 될 수도 있다.

차에서 내려 저녁을 먹고 방안에서 꼼짝도 안 했다. 그 남자가 보드카를 들고 문을 두드렸다. 러시아에서는 테이크아웃이 되는 만큼 보드카가 대중적이다. 혼자 한잔하기는 처량한 것 같다고 말했다. 반갑기도 하고 어색하기도 했다. 자리를 권하고 빠르게 말을 했다.

"혹시 샤먼 바위 아세요? 부르한 바위라고도 하는데 근처에 있어요."

샤먼 바위 전설을 얘기하면서 어제 꿈꾼 얘기까지 했다. 누구나 하나의 섬을 가지고 있다는 말에 한참 침묵이 흘렀다. 낮에 여러 곳을 돌아다녀서 피곤했다. 한 잔 마셨더니 졸음이 몰려오고 안개 속을 헤매는 것처럼 몽롱해졌다.

강물이 달빛에 반짝거렸다. 앙카라는 하늘거리는 옷을 입고 소나무가 울창한 숲에서 춤을 추며 나왔다. 혼자 뭔가 흥얼거리며 바닥에 그림을 그린다. 샤먼의 북에서 본 문양 같았다. 강가로 가 손을 씻고 턱을 괴고 앉아 생각에 빠져 있다. 이윽고 물소리가 들리더니 강물 속에서 멋진 남자 예니세이가 나오는 것이 보인다. 앙카라는 기다렸다는 듯이 손을 흔들며 뛰어간다. 둘은 열렬히 입맞춤한다. 부드러운 촉감이 내 입술에도 느껴지는 것 같았다. 따뜻하고 편안한 느낌이 온몸을 감싼다. 앙카라 아버지가 노한 듯 천둥 번개가 치면서 몸이 솟구치더니 큰 바위가 눈앞에 쿵, 하고 떨어졌다. 부르한 바위가 보였다. 부연 안개가 몰려와 더는 보이지 않았다. 얼마간 시간이 흐른 듯 앙카라 강가는 조용했다.

다음 날 남자는 보이지 않았다. 예정된 박물관을 갔는지 기다려 보았다. 방문을 노크해 봤지만, 응답이 없었다. 로비에 가서 체크아웃하고 나갔는지 물어보았더니 메모를 내밀었다. '더 춥지도, 울지도 않기를 바라며 살다 보면 또 볼 수 있기를…… 바이칼'이라고 적혀 있었다. 그 남자는 알혼섬을 먼저 떠났다. 내 머리 위에 얹었던 따뜻한 그 손과 온기를 잊을 수 없었다. 내가 토해낸 말들을 아바이 게세르가 들었든, 누가 들었든지 바이칼이 나를 기억하길 바랐다.

집으로 어떻게 돌아왔는지 기억이 희미하다. 꼭 순간 이동을 한 것 같고 꿈을 꾼 것 같았다. 다시 제자리에 온 것이다. 그동안 전남편은 아이에게 무슨 협박을 했는지 아이가 통사정을 했다. 당장 전화를 걸었다.

"고소해. 고소하라고. 그동안 양육비도 제대로 안 주고 혼자 잘 먹고 잘살면 다냐? 누가 이기나 해보자. 내가 양육비 소송을 걸 거야. 해봐! 해보라고!"

악을 쓰면서 전화기에다 소리를 질렀다. 한 번도 본 적 없고, 상상해 보지 못한 내 모습에 놀랐는지 안 줘도 된다는 전남편의 문자가 왔다. 그 말을 기다렸다는 듯이 그제야 적금을 깨서 돈을 보냈다. 나의 우화에 그의 돈이 개입했다는 것을 용납할 수가 없었다. 아들은 됐다고 하는데 이제 와서 왜 보냈는지 이해가 안 간다고 말했다.

며칠 후 신호등 건너편에 레닌 같은 전남편이 보였다. 그도 나를 봤는지 모르겠지만 횡단보도 가운데쯤에서 눈이 마주쳤다.

"오랜만이네요!"

놀라는 그를 보고 나는 또각또각 걸었다. 그리 오래되지 않은 시간이었지만 그를 다시 과거로 보내고 있었다.

그날 오후 수업을 하고, 엘리베이터가 1층에 도착하자 전남편이 또 눈을 크게 뜨고 들어왔다. 나는 학생과 통화를 계속하며 고개만 까닥하고 당당하게 걸어 나갔다. 요즘 따라 왜 계속 부딪치는 건지 모르겠다. 그래도 이 아파트에서 수업은 계속할 거야. 세상에 무서울 것이 하나도 없다는 생각이 들었다. 누군가의 뜨거운 시선이 느껴져 두리번거렸지만 아무도 없었다. 천공이 뚫린 듯 빛 내림이 머리 위로 쏟아졌다.

소금꽃

＊

어느 날 그녀가 사라졌다. 보름이 지나도 연락이 되지 않아 가게
로 갔더니 문이 잠겨 있었다. 옆집 여자의 말로는 동생이 드나든 지
좀 되었다고 했다. 5년 가까이 알고 지낸 사이인데 말 한마디 없이
사라진 그녀가 야속했다. 한 달 전쯤 나를 초대했던 일을 회상해 보
았다.

"조개구이 좋아하세요?"

그녀는 불 위에 있는 조개를 뒤집으며 물었다. 구워주는 조개구이
는 짭조름한 맛에 알큰한 청·홍고추와 치즈의 향미까지도 온통 바
다 냄새를 풍겼다. 야들야들한 조개의 속살은 어린 시절 들판에서 먹
은 통통한 삘기를 씹는 것처럼 부드럽고 달짝지근했다. 그녀는 술도
못하면서 조개구이 먹을 때 술맛이 기가 막힌다고 했다. 나는 그녀
를 쳐다보았다. 얼떨떨해 있는 나를 보고 히죽 웃는 그녀의 입에서
도 바다 냄새가 났다. 갖가지 조개가 팔색조 같은 그녀를 닮았다. 그

녀의 목소리가 불 위에서 조개가 입을 터트릴 때마다 함께 들렸다.

처음 그녀를 만난 곳은 여성가장을 지원하는 교육센터였다. 사별이나 이혼을 한 여자들이라서인지 다들 얼굴이 어두운 편이었다. 그중에 키가 크고 젊은 축에 드는 여자가 그녀였다. 말수는 별로 없고 잘 웃는 것이 왠지 모르게 끌려서 자꾸 말을 붙이고 챙기게 되었다. 그때도 조개구이집을 하고 있었는데 낮에는 시간이 있다고 했다. 직장을 구하러 다니는 나에게, 학원에 취직하는 것이 맞겠다고 하면서 두 살 아래인 그녀는 마치 언니처럼 굴었다.

가끔 남자 이야기를 꺼내도 그녀는 연애에 관심이 별로 없는 듯이 자기 이야기를 한 적이 없었다. 그날은 뭔가 분위기가 달랐다. 오래된 이야기를 먼저 꺼냈다. 대학 때 동아리에서 만난 그녀의 첫사랑이 있었다. 그녀가 입학한 지 얼마 안 된 새내기였을 때, 그는 두 살 위였다. 기타 치는 모습과 저음의 목소리에 점점 매료되었다. 수업을 빼먹고 그가 아르바이트하는 음악다방에 앉아 있는 것이 하루 일과였다. 그가 군대 가기 전에 아르바이트해서 모은 돈으로 방학 때 같이 제주도로 여행을 갔다. 제주 곳곳을 자전거 하이킹하면서 노래를 바람결에 날리고 다녔다. 수십 년도 더 된 이야기라고 했다.

바다가 그리워 조개구이집을 한다던 그녀는 내내 그 첫사랑을 생각하고 있는 것 같았다. 그녀의 첫사랑 이야기와 조개가 자글자글 끓는 소리는 파도에 실려 가는 모래알 소리처럼 들렸다. 말이 없던 그녀가 불 위에서 입 벌리는 조개처럼 말을 쏟아냈다. 그런 그녀의 모습이 낯설고 부담스러웠다.

내가 좋아하는 남자는 근방에서 조금 알려진 한의사였다. 어릴 때 초등학교에서 고전 읽기 대회를 같이 준비하던 옆 동네 오빠였다. 잊고 살다가 최근 초등학교 총동문회에서 20년 만에 만났다. 알고 보니 우리 집에서 오 분 거리인 공원 근처에 살고 있었다. 혼자 있다는 소문을 들었는지 그 사람은 다음 날부터 매우 적극적으로 다가왔다.

비가 오는 날 집 근처에서 만나 저녁을 먹고 공원으로 산책을 갔다. 온종일 비가 내리던 주말의 늦은 밤이라 비가 그쳤는데도 공원에는 사람들이 없었다. 그 사람은 장우산을 지팡이처럼 들고 'Singing In The Rain'을 불렀다. 코믹한 성격은 아닌 것 같은데 나만 보면 웃기고 싶다고 했다. 자신이 기억하기엔 내가 어릴 때 잘 웃었고 웃는 모습이 예뻤다고 했다. 힘들게 산다고 웃음을 잃은 것 같았다. 초등학교 때 전교 학예대회에서 발레 하는 모습을 봤는데 가끔 그때 기억을 떠올리고 한번 보고 싶었다고 했다. 사실 배운 적도 없고 구색 맞추기로 담임선생님이 가르쳐 준 대로 흉내 내기였는데, 그 당시 시골 학교에서는 아주 특이한 무용이었다. 그래서 나보고 해보라고 하며, 아무도 보는 사람이 없으니 못해도 된다고 했다. 비에 젖은 잔디밭에서 맨발로 이사도라 덩컨처럼 멋지게 춤을 추고 싶었다. 그러나 마음만 그러고 싶지, 할 줄도 몰랐고 할 용기도 없었다. 온실 정원 같은 하얀 파고라에 앉아 있어도 혹시나 누가 볼까 걱정이 되어 안절부절못했다. 묻는 말에도 대답만 간단하게 대충 하자, 집에 가고 싶어, 하며 일어났다. 사실은 그 사람과 밤이 새도록 얘기하고 싶었다.

자주 전화하며 세세하게 하루 일과를 묻고 기분을 물어도 의사이니까 직업병인가 보다 생각하면서도 싫지는 않았다. 작은 친절과 관심이 나를 흔들며 혼란스럽게 했다. 부모님 치료에도 온갖 신경을 써 주었다. 고맙다고 인사를 하려고 하면 그 사람이 먼저 맛있는 집으로 데리고 갔다. 나보다 형편이 나으니 부담 갖지 않아도 된다고 했다. 어릴 때 그 시절과 지금은 상황이 달랐다. 어디를 가도 아는 사람을 만날 수밖에 없었다. 집에서 알면 힘들까 봐 전화도 못 하고 전전긍긍하면서, 오는 전화만 받았다. 근처에 사니까 모든 일이 끝난 밤에도 볼 수 있었다. 가까워지면 다시 적당한 거리를 유지하려고 노력했다.

"이제 나이 드니까 고향이 그립고 어머니가 해준, 어릴 때 먹던 음식이 먹고 싶다."

해물찜, 말린 복어구이, 멸치구이와 찌개, 톳과 곰피 젓갈 무침을 말하며 군침을 삼켜도 집에 초대할 수가 없었다. 혼자 사는 집에 학생들 과외로 거실은 학원처럼 교재가 쌓여 있고 책상 대신으로 쓰는 상이 몇 개나 펼쳐져 있었다. 지우개 가루는 쓸어도 쓸어도 발바닥에 밟혔다.

하루는 멀리 있는 유명한 식당에 갔다. 고기와 와인이 너무 맛있었다. 와인을 남겼는데도 약간 취기가 있자 차에서 조금 쉬었다 가기로 했다. 좋은 자동차는 의자를 뒤로 젖히니 침대 같았다. 누워서 별을 보며 어린 시절 이야기를 꺼냈다. 팔베개해 주고 싶다는 그의 말을 못 이긴 척 들어주었다. 옛날이야기나 하면서 이렇게 살고 싶다는 그의 말에 나도요, 대신 별식이 필요한가 보지요, 하며 쏘아붙이고 말았다. 그 사람이 유부남이다 보니 마음 열기가 어려웠다. 하지만 그 사람의 존재는 내 생활의 전부가 되어 가고 있었다. 온종일 머리를 헤집고 다녔다. 전화가 뜸해지자 잠도 오지 않고 공원 근처를 서성거리기도 했다. 주변을 살피며 온통 신경을 곤두세웠다. 운동하러 갈 때는 행여 볼 수 있을지도 모른다는 기대감으로 설렜다. 시간만 나면 그 사람 이야기를 그녀에게 들려주곤 했다.

우리 집에서 저녁을 먹고 혹시나 하는 생각에 그녀와 공원을 한 바퀴 돌았다. 그 사람이다! 걸음걸이와 실루엣이 내 눈에 들어왔다. 어떤 여자와 산책하고 돌아가는 길인 것 같았다. 너무 당황해서 뜬금없이 방언처럼 아무 말이나 마구 지껄이기 시작했다. 그녀가 어리둥절한 표정으로 말했다.

"왜 그래요?"

거리가 많이 떨어진 것을 확인하고 그녀에게 물었다.

"저기 가는 사람 어때?"

그녀는 자지러지듯이 웃으며 좋아한다는 사람이 저 사람이냐고 실망한 목소리로 말했다.

"글쎄요. 외모는 별론데……."

그녀가 폭소를 터뜨리자 괜히 말했다 싶어 후회를 했다. 이제는 멀어서 잘 보이지도 않는데 그렇게 말하는 그녀가 얄밉기까지 했다.

그 이후에도 몇 번 공원에서 그를 볼 때 옆의 여자가 달라지는 것을 보면 속상해서 욕을 했다. 내게 했던 모든 것들을 그 여자들과 공유한다는 생각에 슬펐다. 서늘한 달을 이고 바람을 맞으며 혼자 가는 것처럼 쓸쓸했다. 타지에서 공부하던 학창시절에 빨간 버스를 타고 신작로에 내려 동네로 들어설 때와 같이 어둡고 외로웠다. 사람마다 특유의 향기와 느낌이 있다. 사랑은 그 사람의 향기로 이루어진 세계에 갇혀 있는 것 같았다. 그녀는 늘 내가 그 사람을 잊기를 바랐다. 그녀의 위로를 받으며 함께 여행도 다니면서 그 사람이 희미해져 가기도 했다. 자꾸 그녀를 찾고 의지하게 되었는데 말도 없이 사라지다니…….

몇 주 후 그녀에게서 제주로 이사 왔다고 전화가 왔다.

"첫사랑을 찾아갔어? 갑자기 왜?"

걱정과 짜증이 섞인 목소리로 물었더니 그녀는 잠시 머뭇거리며 말했다. 몸이 안 좋아 동생에게 가게 맡기고 쉬러 왔다고 했다. 여전히 웃음 섞인 말투지만 많이 아픈지 낮고 힘없는 목소리였다. 내가 걱정하자 조금씩 괜찮아지고 있다고 말했다. 자동차에 꼭 필요한 짐만 싣고 제주로 왔으며, 제주에서 한번 살고 싶었다고 했다. 그녀가 아직도 첫사랑을 못 잊는 것 같았다. 내가 앞으로 제주에 자주 가게 생겼다고 말하자 그녀의 희미한 웃음소리가 들렸다.

그녀의 부재는 자주 수다를 떨었던 나를 우울하게 만들었다. 금요일에 현장학습을 갔다 온 아이들이 약속이라도 한 듯이 하루 쉰다는 연락이 왔다. 나는 주말을 제주에서 보낼 생각을 했다. 그녀를 만날 생각에 수학여행이라도 가는 것처럼 들떠 콧노래를 부르며 짐을 꾸렸다.

그녀가 아르바이트를 마치고 올 때까지 공항에서 기다려야 했다. 두 달 동안 그녀가 어떻게 변했을지 궁금했다. 그런데 시간이 갈수록 불안해지기 시작했다. 갑자기 오지도 가지도 못하고 공항 터미널에 살게 되는 내용의 영화가 생각났다. 잠깐 그녀가 오지 않으면 어쩌나 하는 걱정을 했다. 그녀는 가끔 내 뒤통수를 칠 때가 있었다. 사람들이 빠져나가고 공항이 한산해지기 시작했다. 썰렁한 기운이 몸까지 와서 으슬으슬 한기가 몰려왔다.

마지막 비행기가 도착하고도 한참 있다가 10시쯤 되었을 때 그녀가 나타났다. 다른 사람으로 착각이 들 만큼 달라 보였다. 피부색은

검어졌지만 건강해 보이고, 어딘지 모르게 생기 있어 보였다. 차를 타고 애월에 있는 그녀의 집으로 갔다. 한적한 곳이고 늦은 시간이라 어둡고 조용했다. 바람만 전깃줄을 타며 소리를 내고 있었다. 펜션을 연세로 얻은 원룸이라 옛날 자취방이 생각났다. 그녀는 올레길을 산책하고 접었던 복지사 자격시험 공부도 하면서 관광객이 붐비는 주말에는 면세점에서 아르바이트를 하고 있었다. 온종일 피곤했는지 이내 잠이 든 그녀를 보니 슬그머니 미소가 떠올랐다. 침대에서도 보이는 오징어 배의 불빛과 베란다 앞에 서성거리는 보름달 때문에 나는 잠을 이룰 수가 없었다.

아침을 먹고 애월의 해안 길을 걷는데 시간이 이른 탓인지 사람들이 거의 없었다. 제주도에서도 아름답기로 유명한 드라이브 코스이다. 바닷가에는 화산에서 나온 시꺼먼 돌덩이와 식지 않고 굳은 붉은 돌덩이가 섞여 있어 구조물처럼 느껴졌다. 마치 미지의 세계에 온 듯한 느낌을 주었다. 소가 물속에서 뚜벅뚜벅 걸어 나오는 것도 같았다. 또 거북이가 바다에서 나와 고개를 슬며시 드는 듯한 형상을 한 바위들은 살아 움직이는 것처럼 보였다. 사람 얼굴을 한 바위는 은근한 미소를 머금고 나를 보고 있었다. 잊었다고 생각했던 그 사람이 나를 향해 웃는 환상에 빠져 걸음을 멈췄다. 애월의 어디엔가 그 사람이 있을 것 같다는 생각마저 들었을 때 그녀가 나를 불렀다.

산책로 옆 둔덕에는 방풍나물과 번행초가 많이 있었다. 시금치처럼 생기고 짠맛이 나는 번행초는 사철 내내 항상 새순이 나오는 싱그러운 식물이다. 해안가를 따라 자라고 있어 어디서나 언제든지 볼 수 있었다. 우리도 나날이 싱싱한 새로운 모습이면 좋겠다는 그녀의 말에 갱년기 증상에 약간의 조울증이 있는 나로서는 씁쓸했다.

제주의 하늘은 바다와 한통속처럼 보였다. 나는 봄날같이 훈훈한 바닷바람에 쑥 캐는 아이처럼 조잘거리기 시작했다. 물때가 맞지 않아 고둥을 잡지 못했지만, 온갖 해산물로 먹을 것이 가득한 곳이 여기라고 호들갑을 떨었다. 제주는 적요 속에 풍요를 간직한 파라다이스처럼 느껴졌다.

점점 제주에 눌러앉고 싶다는 생각이 들었다. 나이 탓인지 아이들 가르치는 일에 고비를 맞고 있었다. 공부하기 싫어하는 아이들을 저녁 늦게까지 붙들고 있다 보니 갑갑한 일상이었다. 나는 그녀에게 속이 뻥 뚫린다면서 돌아가고 싶지 않다고 말했다. 그녀는 수일 내로 주말 아르바이트를 그만두고 새 일자리를 찾아다닌다며 같이 알아보자고 했다. 아픈 곳이 다 나은 듯 싱싱한 물고기처럼 생기 있게 말했다. 아무래도 그녀에게 활력이 되는 무언가가 있다는 느낌이 들었다. 남자친구 생겼냐는 내 말에 그냥 생긋 웃기만 했다. 그녀가 버릇처럼 히죽 웃는 모습과는 달랐다. 계속 채근하는 나에게 못 이긴 듯이 이야기를 꺼냈다.

어느 날 어떤 남자가 지인의 소개로 그녀를 만나고 싶다고 했다. 호기심에 한번 만났는데 이야기가 잘 통해서 기분이 좋았다. 잘 들어 갔냐며 바로 전화가 오고 앞으로도 가끔 보면 좋겠다고 했다. 그녀도 즐거운 시간이 되었다고 생각했다. 생긴 건 별론데 다정다감하고 호 감이 가는 사람이라서 그 뒤 몇 번 만났다고 했다. 그렇게 알게 된 사 람이 있긴 하다며 나팔꽃처럼 얼굴 전체가 환하게 웃었다. 첫 만남은 그렇게 다 비슷하게 시작되는구나. 나도 그랬지. 시간이 가면서 화선 지에 먹물이 스며들 듯 물들고, 서로에게 길들여지지.

제주에 오기 전에 만난 사람이라고 했다. 그럼 나와 같이 있을 때 인데 비밀로 한 그녀가 멀게만 느껴졌다. 별일이 아닌데도 혼자 속내 를 다 보인 나는 어쩐지 손해 보는 느낌이 들었다. 계속 의구심이 일 었던 일이 이것인가? 그녀는 이제 첫사랑을 잊었다는 말인지, 왠지 내가 속은 것 같아 허전한 생각이 들었다. 시큰둥하게 그녀에게 이제 못 만나서 어떻게 하냐고 물었다. 서로 좋아하면 보고 살지. 왜 여기 까지 왔는지도 물어봤다.

"점점 빠져드는 것 같기도 하고, 마음에 균열이 일어나는 게 무섭 기도 해서……."

자신 없는 목소리로 꼬리를 내리더니 심각하게 듣고 있는 내 표정 을 보고 킥킥거렸다. 그쪽에서는 연락이 없는지, 깊은 사이는 아닌지 궁금했다. 제주에 한번 오겠다는 말만 하고 안 온다고 볼멘소리하는 것을 보며 그녀가 기다렸던 사람이 내가 아니고 그 사람이라는 것을 알았다. 그 사람을 좋아하는 것 같아 속을 떠보고 싶었다. 그녀는 기다리기보다는 시간을 좀 가지고 서로의 마음을 확인하고 싶어 했다. 그 사람은 자기가 가도 괜찮겠냐고 하면서 전화만 한다고 웃었다.

"그건 그 사람도 자기 마음에 자신이 없어서인지도 몰라."

그녀는 심란한 표정을 잠깐 짓더니 엉뚱한 이야기를 했다.

"코끼리와 생쥐 이야기 알아요? 그 사람이 해 준 이야긴데……."

그래. 나 또한 그 사람이 그런 이야기를 해 주었지. 나온 배를 내밀고 코끼리 흉내를 낼 때 너무 우스워서 깔깔거리기도 했지. 동화를 야한 농담으로 바꾼 것인데 주변에서 많이들 하는 흔한 이야기였다.

그녀는 마치 연극 대사를 읽듯이 재밌게 이야기를 시작했다. 예전에 아이들에게 율동으로 영어를 가르친 적이 있어서 처음에는 빙긋이 웃었다. 그런데 언젠가 들어 본 적이 있는 귀에 익은 그 사람 특유의 말투와 몸짓을 흉내 내기 시작했다. 내 얼굴 근육이 굳어져 갔다. 그냥 서 있기가 곤란할 정도였다. 아무리 그래도 그런 일은 일어날 수 없을 거라는 생각이 들었다. 비슷한 사람이 많이 있으니 내가 오해하는 거라고 생각하고 싶었다. 그러나 점점 그녀는 그 남자가 되어 가고 있었다. 전신에 아픔이 몰려오자 내가 덥석 그녀를 안았다. 그녀는 어리둥절한 표정으로 나를 쳐다보았다. 그 사람과 같이 영화 보러 간 적이 있냐고 내가 물었다.

"그럼요, 영화 상영 내내 깍지를 끼고 놓지 않아서 영화 끝나고 손가락이 휘어지는 줄 알았어요."

그래, 정서불안인지 애정 결핍인지, 그 사람의 그런 모습이 너무 가슴 아팠어. 그 제스처를 누구에게나 똑같이 하다니…….

다음 행선지나 할 일을 생각할 때 그 사람은 오른쪽 손가락과 발을 동시에 같은 자리를 초 단위로 까딱거리며 골똘히 생각하는 버릇이 있었다. 마지막 확인을 하고 싶었다. 이번에는 내가 손발을 까딱거리는 그 사람의 흉내를 냈다. 그녀는 깜짝 놀라는 표정을 지었다.

"어, 그 사람도 그렇게 하는데……."

그 소리에 손가락이 오그라들며 주먹을 쥔 손아귀 힘 때문에 팔이 뻐근해졌다. 손톱 끝이 손바닥을 찔러 아린 듯 아팠다. 틀림없는 그 사람이다. 그녀는 자신이 기다리는 사람이 내 남자였다는 사실을 알았을까? 모르고 시작한 것일까? 그 사람은 왜 그녀에게 접근했을까? 두 사람의 배신에 소름이 돋기 시작했다. 어떻게 이럴 수가 있는지 분노가 치밀어 올랐다. 우롱당한 기분이 들자 그 사람도, 그녀도 죽이고 싶다는 생각이 들었다.

그녀는 씻고 잘 준비를 하고 있었다. 그녀가 옆에 눕자 물끄러미 쳐다보았다. 심장이 너무 크게 뛰어 그녀에게 소리가 들릴까 봐 손을 가슴에 대고 호흡 조절을 했다. 피곤한지 그녀가 코를 골기 시작했다. 나는 숨을 죽이고 조금 더 기다렸다가 영화에서 본 것처럼 내

베개를 그녀의 얼굴에 덮고 힘껏 눌러버리고 싶었다. 그녀의 얼굴을 다시 보고 싶지 않았다. 곳곳에 그 사람의 손길과 입김이 묻어 있다는 생각에 견딜 수 없었다. 눈에 힘이 들어가고 손에 진땀이 났다. 눈을 감고 눌러버리자! 죽어버려!

그녀가 갑자기 숨이 막힌 듯 한숨에 휘파람 소리가 섞인 숨비소리를 냈다. 뜨거운 바람이 내 얼굴을 훅 덮쳤다. 그제야 내가 베개를 들고 그녀의 얼굴 앞에 서 있는 것을 알았다. 내가 그녀를 죽이면 그 사람은 어떤 표정일지 궁금했다. 하지만 그 사람이 그녀를 잘 모르는 사람이라고 할 수도 있다는 생각이 들었다. 죽일 놈은 그 사람인데 왜 그녀를 죽이려고 하는지……. 나에게는 오랜 시간의 보루였지만 그 사람에게는 짧은 사랑일 수도 있는 일이다. 태연하게 지켜볼 수밖에 없었다. 추억 속의 그였지만 그녀에게는 신기루 같은 사람일지도 모른다.

억지로 눈을 붙이려고 했지만 아침이 왔다. 잠들지 못한 지난밤이 힘들었다. 그녀와 마주보는 것도 고통스러워 깨고 싶지 않았다. 아무것도 모르는 것 같은 그녀는 다시 아르바이트를 하러 가고 나는 혼자 노꼬메 오름에 올랐다. 걷는 내내 마음을 비우려고 애썼다. 어쩜 나하고 상관없는 일이라고 스스로 위로와 암시를 하며 걸었다.

일이 끝난 지 한참 지났는데도 그녀는 오지 않았다. 짐이 일부 없어진 걸 보니 그냥 늦는 것이 아니었다. 빚쟁이한테 쫓기듯이 짐을 챙겨 사라진 것이다. 주인은 나머지 짐은 나중에 가지러 온다고 언니가 있을 때까지 방은 두라고 했다고 말했다. 혹시 어디로 간다고 했는지 물어봤더니 웃기만 했다고. 마치 복수라도 하듯이 그녀는 아무 말 없이 또 사라졌다. 멍하니 서 있는 나는 큰 구멍 사이로 바람만 드나드는 고사목이 된 느낌이었다. 그렇다고 이럴 줄은 몰랐다. 그녀는 간밤의 일을 알까? 묻고 싶은 말과 듣고 싶은 말도 많은데 어디로 갔는지. 제주까지 와서 이제 더 갈 데도 없을 것 같은데…….

제주 시내 그녀가 아르바이트한 곳을 찾아다녔다. 가끔 치근댔다던 늙은 사장은 안경 너머로 나를 아래위로 훑어보았다. 그녀에게 일이 생겨 그만둔다고 해서 아침 일찍 계산해 줬다고 대수롭지 않게 말했다. 그곳을 나와 그녀가 자주 들르던 집 근처 인형 카페에 갔다. 오늘은 오지 않았다고 하자 다리에 힘이 쭉 빠졌다.

한담 공원 쪽으로 걸어갔다. 푸른 물빛을 하고 있어 아름다운 풍경을 볼 수 있는 곳이다. 멀리서 주차장에 그녀의 빨간 자동차가 보여 나는 기뻤다. 가슴이 마구 뛰기 시작했다. 그녀의 웃음소리가 곳곳에서 들렸다. 가까이 가서 보니 그녀의 차가 아닌 번호가 다른 차였다. 허탈해진 나는 그녀와 차를 마신 적이 있는 카페 안으로 들어갔다. 아무 데도 그녀가 보이지 않자 슬퍼졌다. 막막해서 더 갈 곳도, 갈 힘도 없었다. 푸르고 넓은 바다를 보며 그녀가 바다로 들어가 버린 게 아닐까 하는 생각을 했다. 뱃멀미처럼 울컥하는 것이 치밀어 올라왔다. 내가 그녀를 떠나게 한 것인지 미리 계획된 일인지 궁금했다. 뱃머리에서 갈라지는 물살처럼 마음이 갈라지고 있었다.

전화도 안 되고 이대로 혼자 돌아가기는 너무 우울했다. 별도리가 없어 마음을 달래기 위해 동네와 인접한 해안 쪽 길로 내려갔다. 펜션에서 가까워 산책을 몇 번 해서 익숙한 길이다. 동네는 낮이고 밤이고 너무 조용했다. 사람들이 다 어디 있는지 관광지가 아닌 마을 안은 언제나 조용했다.

그때였다.

"언니!"

방파제 끝에서 해녀 차림을 한 여자가 물을 흘리며 오고 있었다. 테왁에 망사리를 달고 물질 도구 사이로 해산물들이 보였다. 멀리서도 웃고 있는 여자가 그녀라는 것을 알 수 있었다. 혹시 잘못되었을까 봐 내가 얼마나 걱정했는지 아냐고, 어떻게 그럴 수 있는지 물살이 일어날 정도로 소리를 질렀다.

"미안해요. 그냥 마음이 그랬어요. 가슴이 답답해서 숨을 쉴 수가 없었어요. 오직 물속에 들어가고 싶다는 생각에……."

그녀가 나를 부둥켜안다가 고무 옷에서 물이 뚝뚝 떨어지는 걸 보고 물러났다. 옷을 갈아입고 빌린 물옷을 반납하는 동안 그녀의 차에서 지친 몸을 뉘었다. 마침내 아쉬운 듯 주변을 둘러보고 그녀가 차에 올랐다. 성산으로 가려고 한단다. 전에 같이 제주를 훑고 다녀도 성산포 쪽으로 간 적이 별로 없었다. 갑자기 왜 성산으로 가려고 하는지 다그치는 나에게 그녀는 한참 뜸을 들이고 입을 뗐다.

"모두 애월에 묻고 옛날로 돌아가고 싶어요."

그녀는 마음의 정리가 된 듯이 담담하게 말했다.

"그렇게 간단하게 돌아가고 싶다고 하면 깨끗하게 돌아갈 수 있어?"

계속 빈정거리는 나를 보고 그녀는 물질해 온 성게와 군소를 들고 근처 조개구이집으로 앞장을 섰다. 그녀를 찾았다는 안도감에 갑자기 식욕이 당겼다. 아무 말 없이 둘이서 먹기만 했다. 그녀가 군소 같다는 생각이 들었다. 군소는 흐물거리는 모양새에 보랏빛이 도는 붉은 액체를 흘린다. 만지면 물컹거리지만 삶거나 구우면 꼬들꼬들해지면서 쫄깃한 맛이 일품이다. 쌉싸름하면서도 뒷맛은 달고 초장까지 곁들이면 오묘한 맛이 난다. 그녀가 왜 갑자기 성산으로 간다는 것인지, 도대체 무슨 생각을 하는지 알 수가 없었다.

"그 남자는 너한테 뭐냐?"

"그냥 지나가는 바람이지 사랑은 아닌 것 같아요. 서로 새로운 사람에 대한 호기심이랄까."

너무 담담하게 말하는 그녀가 미웠다. 그렇게 아무것도 아니면 말을 하지 말든지.

"사랑이 따로 있니? 영원한 사랑이 어디 있어!"

갑자기 속 끓인 것이 생각나서 나도 모르게 소리가 높아졌지만 이내 말꼬리가 흐려졌다.

"그런 언니는 왜 그 바람둥이에게 휘둘려 많은 시간과 에너지를 소비했어요?"

그녀가 눈을 휘둥그레 뜨며 정색을 하고 말했다. 화가 난 나는 말하고 싶지 않았던 사실을 확인하고 싶었다. 분하고 억울한 마음에 목소리는 점점 커지고 흥분한 나머지 눈을 부라렸다.

"흥, 그 바람둥이를 네가 기다렸다는 걸 아니?"

"말도 안 돼요! 그 사람이 왜 그 바람둥이예요?"

"말도 안 되는 일이 여기 있잖아. 호기심? 너나 그 나쁜 놈이나 똑같아."

황당해하는 그녀를 기어코 나쁜 여자로 만들고 싶었다. 그녀도 보기 드문 모습을 보였다. 지금까지 흥분하거나 소리 지르는 일이 거의 없었다. 나는 마치 그 사람의 아내인 것처럼 더욱 몰아치며 난리를 쳤다. 눈가가 촉촉해지면서 그녀의 얼굴이 구겨진 종이처럼 일그러졌다. 그녀는 자신이 불리할 때는 조개처럼 입을 다물어 버리곤 했다. 아무 반응이 없자 싱거워져서 말할 맛이 없어졌다. 한참 후 그녀는 냉정을 되찾고 차분하게 말했다.

"우리가 이 한심한 짓을 왜 하지? 그 사람과 나는 서로에게 아무것도 아니었다는 걸 깨닫게 되었어요. 근데 언니는 다 잊었다며? 나쁜 놈이라고 욕하면 잊은 게 아니야. 욕이 나오지 않아야 잊은 거야!"

"그래, 그때 못다 한 일들이 미련으로 남은 걸 거야. 그 사람의 진심을 알았지만 욕이 될까 봐 숨죽여야 했어. 차갑게 대해도 다 아는 줄 알았어. 나중에는 나에게 욕이 될 것 같았어. 하긴 우리가 이러는 건 아무 소용이 없는 짓이야."

"그 사람이 우리 사이를 알면서도 접근했다면 용서할 수 없는 일이지."

그녀가 그 사람을 제주로 불러들이기로 했다. 괜찮겠냐는 내 말에 자신은 이미 마음을 정리했기 때문에 괜찮다고 했다. 가슴에 묻은 사람이 있으면 다른 사람을 포기하기란 쉬운 것 같았다. 내가 보는 데서 그녀는 침착하게 그 사람에게 전화했다. 제주에서 학술 세미나가 있어 잠깐 볼까 했는데 어떻게 알고 전화했냐며 반가워했다. 그 말이 진실인지 알 수 없지만, 그 사람도 뭔가 확인하고 싶다는 생각이 든 것 같았다. 우리 둘이 있는 것을 보면 어떤 표정일지 궁금했다. 허탈해진 그녀와 나 사이에는 무거운 침묵이 흘렀다. 다시 애월에 가서 아주 조용하게 서로 잠자는 척하며 하룻밤을 보냈다.

그녀의 차를 타고 공항에 그 사람을 만나러 갔다. 우리를 본 그 사람은 조금도 놀라지 않았다. 마치 모든 것을 알고 있는 것처럼 빙그레 웃으면서 말했다.

"오랜만이네. 잘 지내나?"

내가 무표정하게 있자 그녀와 인사하는 소리가 들렸다. 아무 생각이 없고 조금 먹먹했다. 그 사람은 자신의 이야기를 하기 위해 벼르고 온 사람처럼 말했다. 부인이 막바지 암 투병을 하고 있을 때 나를 만났다. 그 사람은 빈자리를 채우고 싶었고 여생을 같이 하고픈 생각이 있었다. 그런데 유부남이라서 부담을 느꼈는지 나는 문제를 피해가고 모든 걸 장난스럽게 여겼다. 그 사람은 진지하지 않고 시간만 보내는 나를 보며 답답해했다. 방법을 찾다가 그녀를 통해 본심을 알고 싶었다. 그래서 멀리서 지켜보기도 하고 내 시선을 좇아 자신의 존재를 인식시키려고 노력했다. 우연을 필연으로 만들기 위한 그 사람의 작전이 내가 본 일들이었다. 자신을 사랑하는지도 궁금하고, 주변의 현실을 같이 극복할 수 있을지 본인도 자신이 없었다.

몇 년째 계속된 그 사람의 치밀하고 끈질긴 계획에 나는 진저리를 쳤다. 왜 솔직하게 말하지 못했는지 따져 물었다. 내 사고방식으로는 부인이 암 투병 중인데도 자신에게 접근하여 구애하는 사실에 더 질려할 것 같았다고 말했다. 연락이 끊어진 몇 년 사이에 부인의 죽음과 아이들이 서울로 대학을 가고 혼자 남게 되는 등 많은 변화가 있었다고 했다.

그녀는 담담하게 듣고만 있었다. 그 사람은 그녀가 안중에도 없었다. 어떻게 그럴 수 있는지 이해가 안 가 대화 중간에 그녀의 눈치를 살폈다. 그녀 또한 이 일에 자신은 상관이 없는 듯 무덤덤하게 있었다. 그녀와 만나면서 가끔 아는 언니 이야기를 할 때 나인 줄 알고 있었으며 근황을 짐작할 수 있었다고 했다. 그 사람이 이제 와서 이런 이야기를 하는 것이 부담스러웠다. 물론 아직도 가슴 한쪽에 접힌 채 자리를 차지하고 있는 숙제가 그 사람이었다. 숙제를 풀고 싶었고 풀 날을 기다렸을지도 모른다. 그렇다고 해서 지금까지의 상처가 다 없어지지는 않을 것 같았다. 설사 모든 게 사실일지라도 그 사람을 이해하고 받아들이기엔 너무 늦은 것 같았다.

세미나가 끝나고 일요일 오후 비행기로 그 사람은 같이 돌아갈 것을 권했다. 내 마음을 누구보다도 잘 아는 그녀가 더 적극적으로 권했다. 하지만 나는 그 사람을 이해하고 사랑할 자신이 없었다. 생각해 보고 전화하겠다고 하면서 그 사람을 보냈다. 제주에서 학원 강사 자리라도 찾을 생각이었다. 다른 능력은 없고 싫증난 일을 다시 하기 위해서는 장소를 바꾸는 것도 괜찮은 방법 같았다. 이미 지난 인연이므로 다시 이어본들 행복할 자신이 없었다. 그 사람을 보내고 우리는 한참 동안 말을 하지 않았다. 이 진실을 어떻게 받아들여야 할지 서로의 눈치를 보았다. 어색한 분위기를 깨고 싶은 그녀가 다시 첫사랑 이야기를 이어갔다.

"지금까지 살면서 내가 진정으로 사랑하는 사람과 함께 살고 싶어요."

"그 남자가 성산포에 살면 처음부터 성산포로 가지, 왜 애월로 왔냐?"

김빠진 목소리로 묻자, 그녀는 내 물음에 들은 척도 않고 자기 이야기만 했다. 마치 상처받은 자신에게 위로를 하는 것처럼 목소리에 힘이 들어가기도 하고 격해지기도 했다. 의미가 있든 없든 무언가가 주변에서 사라지는 것은 언제나 섭섭한 법이다.

그때 그녀와 그가 자전거를 타고 성산 쪽으로 갈 때 라디오에서 내일 새벽부터 태풍이 온다고 했다. 다음 날은 하이킹도 못 할 것 같아 저녁 먹고 바닷가로 내려갔다. 폭풍 전야라서 그런지 너무나 고요해서 새벽에 태풍 온다는 말이 거짓말 같았다. 그녀는 그가 군대에 간다는 말에 눈물이 나왔다.

그가 딴생각을 할까 봐 그녀가 먼저 일어나 달리기 시작했다. 잡힐 것 같아 땀도 식힐 겸 그녀가 바다로 뛰어들었다. 그가 따라 들어오자 약 올리느라 헤엄까지 치며 계속 갔다. 어느 순간 돌아보니 그가 안 보였다. 원래 장난기가 많은 사람이라 물밑으로 와서 다리를 확 잡을 것 같아 도로 물 밖으로 나왔다. 그는 따라 나오지 않았고 불러도 대답이 없었다. 늦은 밤이고 주변은 너무 어둡고 조용했다. 혼자 울며 소리쳐도 아무도 없었다. 그가 그녀의 이름을 부르며 금방 "나

여깄어!" 할 것 같았다. 그 자리를 떠날 수가 없었다.

정신을 차리고 사람들을 데리고 왔을 때 주변이 희미하게 밝아지는가 싶더니 바로 태풍이 시작되었다. 파도가 괴물처럼 어슬렁거리더니 너울지고 비바람이 불면서 삽시간에 다시 어두워졌다. 모두 그를 찾기 어려울 거라고 했다. 아침에 그의 어머니가 와서 아들은 수영을 못한다고 했다. 그녀는 정신을 잃었다.

그녀는 한동안 바다가 싫고 무서워 근처에 가지 않았다. 주변 성화에 늦게 결혼하고 아이들 키우고 세월 속에 서서히 그 공포가 사라졌다. 바쁘고 새로운 인연들이 스치면서 그도, 그 바다도 생각나지 않는 날이 점점 많아졌다.

많은 시간을 같이 보내면서 그녀가 우는 걸 처음 보았다. 그녀는 평소에 울음 대신 웃음으로 세월을 보낸 것 같았다. 웃음이 많은 여자는 그래서 싫다. 주먹으로 가슴을 쳐야 숨을 쉴 수 있다고 소리 나게 가슴을 쳤다. 제주에 오긴 왔는데 바로 성산으로 오긴 겁나고 미안해서 언저리를 돌고 있다는 그녀가 안됐다는 생각이 들었다.

"네 탓이 아니야. 그의 운명이야. 자기만 기억하면서 살길 원치 않을 거야"

"이제 시간이 많이 흘러 편안하게 혼자 되었을 때 가장 생각나는 게 그와 함께한 추억들이에요. 신기하게도 생각하고 싶지 않은 부분은 지워지고 기억하고 싶은 것만 기억하게 되었어요. 무드셀라 증후군이라고 하더군요."

"추억으로 평생을 살 수는 없잖아?"

마치 나에게 자기암시를 하듯이 말했다. 나도 이제 지난 사랑에서 벗어나고 싶었다.

"세월 속에 바래지고 더러 생각이 안 나기도 하지만 바람결에 가끔 나를 감싸 안고 '안녕!' 하는 소리가 들려요. 이제 그가 있는 성산에 가서 살래요."

"그러자."

나도 이제 모든 걸 묻고 싶었다. 지친 내 사랑도 끝을 내고 싶었다. 이미 성산포로 가기로 했고, 새로운 희망에 부풀려 있는 우리는 서둘러 애월을 떠났다.

그녀와 펜션에 짐을 풀고 해거름에 바닷가 쪽으로 산책을 나갔다. 그녀는 마치 고향으로 돌아온 것처럼 들떠 있었다.

"오빠 들려요? 라벨의 「밤의 가스파르」 중에서 '물의 요정' 생각나요? 음악회 한번 가고 싶다는 내 말에 한 달 알바비 다 털어서 피아노 연주회 보러 갔잖아요. 피아노 소리가 나나요?"

그녀의 행복한 표정을 보니 슬그머니 그녀가 부럽기도 했다. 그녀는 마치 연애하는 사람처럼 홍조를 띠고 얼굴 가득 웃음을 보이며 말했다. 그녀가 거침없이 바다로 들어갔다. 빨리 물 위로 올라오지 않아 불안하게 바다를 쳐다보면 그녀는 그런 마음을 아는 듯 금세 올라와서 손을 흔들며 웃었다. 물속에서 들려오는 피아노 소리와 부드러운 물살이 그녀의 온몸을 감고 도는 듯 물결 따라 돌고래처럼 유영을 즐겼다. 석양이 물속까지 번지고 그녀 주위의 물방울들이 뽀글거리며 아맛빛으로 올라왔다. 그녀는 물의 요정 운디네 같았다.

그 사람의 존재 자체를 지웠다. 지친 내 사랑도 끝이 났다. 그 사람의 진실을 알고도 그 사람을 버림으로써 마음도, 몸도 모두 치유된 것 같았다. 가슴 밑바닥에 있던 아픔과 서러움이 녹았다. 이제 더는 그 사람이 선명하게 떠오르지 않았다. 그리움과 아픔은 이미 하얀 꽃으로 남아 소금꽃이 되었다.

티베트에서의 7일

※

하늘과 가장 가까운 땅은 아무래도 세계의 지붕일 것이다. 북쪽으로는 고선지 장군이 넘은 쿤룬 산맥과 경계를 짓고, 서쪽과 남쪽 경계는 에베레스트 산을 안고 네팔과의 국경에 늘어선 히말라야 산맥이 있는 곳, 당나라 현종이 번번이 패한 옛 토번이 어딜까? 역사 선생인 내 질문에 학생들은 약간 황당해했다. 그 여세를 몰아 가족과 주변 지인들에게까지도 퀴즈를 냈다. 티베트를 가기 위해서는 중국 비자와 티베트 방문 지역을 모두 기재한 입경 허가서가 필요하고 신고하는 절차도 있었다. 그곳에 간다니까 모두 위험한 곳은 아닌지 궁금해했다. 나는 좀 위험한 곳을 가고 싶었다. 가슴이 뻥 뚫리는 새로운 자극이 필요했다. 아니 위로받고 싶었다. 가장 가까운 친구 두 사람을 잃었다. 세상이 텅 빈 것처럼 느껴졌다.

공항에 앉아 나는 여행은 떠나는 것이 아니라 돌아오기 위해 가는 것이라는 생각을 했다. 대개는 원점으로 다시 돌아온다. 돌아오고 싶지 않아서 떠나는 여행이라면 어디서 멈춰 버리면 좋을까? 티베트에서 돌아오지 않을 방법이 있을까? 여행 도중에 사라져 어느 깊은 산속으로 들어가면 그곳에서 살 수 있을까? 미팅 장소에 나타난, 혼자 온 여자 두 명, 그들도 나처럼 무언가를 잃어버렸을까? 무슨 생각으로 왔을까? 누구랑 룸메이트를 할 건지부터 왜 혼자 티베트를 가는지도 궁금했다. 그들은 내가 더 궁금했을 수도 있다.

대부분 부부나 가족 팀인데 서로 모르는 혼자 온 여자가 세 명이다 보니 다들 호기심을 가졌다. 눈에 띄는 미점이라는 여자는 부담스러웠다. 선글라스와 옷차림이 화려하고 요란했다. 작은 키에 통통하고 눈웃음을 치며 하얗게 화장을 했다. 딱 봐도 언니뻘 되는 지숙 언니는 모델처럼 큰 키에 민낯으로 단발머리가 아주 깔끔하고 단정했다. 은근히 지숙 언니랑 룸메이트를 하고 싶었다. 슬쩍 가서 물어보니 싱글 룸을 신청했다고 해서 서운했다. 우리는 중국 서안으로 가서 티베트행 비행기를 탔다.

하늘에서 본 라싸는 구름 속에 설산이 보이고 산맥들의 굴곡이 적나라하게 보이는 신비로운 광경이었다. 서서히 공가국제공항이 보이기 시작했다. 티베트의 공가공항에는 군부대와 군인들이 한쪽에 쭉 있었다. 다른 한쪽은 아주 험준한 돌산이 둘러싸고 있었다. 서안보다 기온이 낮아 시원하고 상쾌했다. 티베트는 중국 내에서 특별 관리되는 지역으로 여행 허가증이 필요해서 그날 한국에서 출발한 일행들을 기다려서 같이 나왔다. 한국 사람이 30여 명이나 되었다. 공항을 나가니 맞은편에 중국 지도자 시진핑의 대형 사진 간판이 있어 이제는 티베트가 중국 땅임을 실감했다.

현지 가이드는 하얀 비단인 카타를 하나씩 나누어 주었다. 귀한 손님을 환영한다는 뜻이다. 차에 앉자마자 사람들이 약간 술렁거렸다. 평균 해발 3,000m가 넘는 곳에 도착하다 보니 고산증 반응이 온 것 같았다. 벌써 차 안에서 늘어진 몇 사람이 보였다. 가슴이 탁 막히거나 호흡이 조금 곤란한 사람도 있었고 몇몇은 두통 증세를 호소하기도 했다. 2시간 정도 가야 주도인 라싸 시내에 있는 숙소에 도착한다고 했다. 검문소를 지나 고속도로를 달렸다. 험준한 돌산이 보이고 아래에는 보리가 익어가고 코스모스도 피어 있었다. 흐린 라싸강에는 강물이 별로 없었다. 우기가 아니어서 그런 것 같았다. 여기가 너무 선선한 날씨여서 푹푹 찌는 여름 방학 때 여행하게 된 게 대단한 피서처럼 생각되었다.

호텔인데 삶은 감자, 옥수수, 계란, 콩 등을 줬다. 우리가 볼 때는 대부분 건강식으로 보이나 그냥 이곳의 주식인 것 같았다. 현지 가이드 순이 씨는 중식 후 고소 적응 휴식을 취해야 한다고 했다. 방으로 가서 모두 낮잠을 자고 무리하게 움직이지 말고 느긋한 마음으로 안정을 취해야 한다고, 물이나 차를 많이 마시고 음주나 흡연을 피하고 샤워를 하지 말라고 신신당부했다. 낮잠 자는 여행 일정은 처음이었다. 고소 적응 휴식이라지만 증세가 나타나지 않는 나로서는 시간이 아까운 생각이 들었다. 창밖에는 아파트 공사가 한창이었다. 지숙 언니는 심하게 통증을 호소했다. 혼자 널브러진 모습이 안타까웠다. 지숙 언니가 가이드에게 세 명이 방을 같이 사용할 수 있도록 부탁해서 큰 방으로 옮겼다. 지숙 언니를 비롯해서 대다수가 힘들어해서 링거를 맞기도 했다. 그 와중에도 미점은 통성명을 하며 일행의 호구조사를 마치고 나와 동갑이라고 좋아했다.

티베트의 주도 라싸는 천삼백 년이 넘은 역사를 가진 오래된 도시이다. 일조시간이 아주 길고 찬란한 햇빛으로 유명해 일광성이라고 한다. 조캉 사원과 포탈라궁이 티베트를 상징하는 건축물이다. 조캉 사원을 먼저 가기로 했다. 조캉 사원은 라싸 시의 중심부에 있었다. 실질적으로 제일 많은 신도가 찾고 자신의 신앙생활을 하는 곳이다. 어디서 출발하든 그들의 최종 목적지는 조캉 사원이다. 1950년 중국이 티베트로 들어오기 전까지 불멸의 성지였다. 문화혁명 때는 폐쇄되었고 이후 티베트의 힘을 상징하여 조캉 사원의 정문은 지금까지 열리지 않는다. 문이 열리는 날을 기원하며 문 앞에서 오체투지를 하는 사람들로 북적거렸다. '라싸를 보지 못한 사람만큼 불행한 사람은 없다'며 육 개월에서 일 년에 걸쳐 오체투지를 하여 라싸로 왔다. 오체투지란 두 무릎과 두 팔, 그리고 머리를 땅에 모두 대고 올리는 절을 말한다. 온몸을 다해 부처님께 귀의한다는 뜻으로 티베트 사람들이 주로 하는 수행법이다. 미점이 티베트 사람 속에 섞여서 오체투지를 했다. 처음엔 장난이거나 그냥 한번 체험하는 건 줄 알았다. 그런데 땀을 뻘뻘 흘리면서 너무나 진지하게 해서 웃지도 못했다. 내가 말리려고 했더니 지숙 언니가 제지했다. 본인이 하고 싶어서 하는 것 같으니 그냥 두라고 했다.

"다음 생을 위해 현재를 뒤돌아보는 거야. 현재의 모습은 과거 업의 결과이고 미래의 모습은 현재의 업에 의해 결정된다고 하잖아."

그러다 말겠지 했는데 휴식 시간이 끝날 때까지 미점은 계속했다. 얼굴에서 땀이 줄줄 흐르자 측은한 생각이 들었다. 그래야 편하고 위로가 된다면 그것도 좋겠다는 생각이 들었다. 미점에 대한 선입견이 없어지고 있었다. 괜히 잘해주고 싶어졌다. 화려한 겉모습과 웃음 뒤에 아픔이 있는 것 같았다.

내부는 벽화들이 있었고 미로와 같이 어둡고 좁은 길로 이루어져 있었다. 올라가면 한때 찬란한 흔적이 남아 있었다. 822년에 당나라와 토번이 서로 싸우지 않기로 한 조약문이 조캉 사원 앞에 서 있었지만, 역사는 흘러갈 뿐이다. 약속, 조약, 서약서 등은 모두 맺을 '約(약)' 자를 가지고 있다. 맺지 않으면 지킬 것도 없다. 약속은 지키기 위해 하는 것이다. 그것이 약속의 존재 의미다. 티베트 오기 전에 서

안 화청지에서 본 백거이의 장한가에서 보듯이 죽어서도 헤어지지 말자던 당나라 현종도 양귀비를 마외파 언덕에서 외면했다. 내가 양귀비 동상은 지나치게 미화되어 현대적인 미인상으로 세워져 있다고 책에서 본 걸로 한마디 했다. 양귀비가 미점이처럼 생겼다고 하자 미점은 크게 소리 내어 웃었다. 그러다 머리를 흔들며 인간의 약속은 믿을 게 못 된다고 말했다.

조캉 사원 외곽을 따라 돌면 티베트의 인사동 팔각가, 바코르 광장이 나왔다. 티베트 전통 복장을 한 사람들, 오체투지를 하는 사람들, 외국인들, 화보 찍는 사람들, 관광객들로 붐볐다. 거리에서 본 티베트 사람들은 강한 햇빛을 받아 얼굴이 구릿빛이었다. 옷은 거친 모직물을 입었고 거의 머리카락을 길게 늘어뜨려 두 가닥으로 땋았거나 머리에 감아 붙였다. 두꺼운 옷을 입고 모피 모자를 써도 땀을 별로 흘리지 않아 신기할 정도였다. 아마 그들은 일교차가 크고 일조량이 많은 곳에 살다 보니 적응이 되어 아무렇지도 않은 모양이었다. 많은 사람이 작은 마니차를 들고 돌리면서 걸어 다녔다. 그 진리가 땅 위에서 살아가는 자신의 삶 속에 깃들기를 바라며 '옴마니밧메훔'을 음송했다. 그들은 진언을 하면 경전을 한 번 읽는 것과 같은 공덕을 쌓는다고 생각했다. 개인이 소지한 작은 마니차는 자나 깨나 절대 손에서 놓지 않는다고 했다. 미점은 가게에서 작은 마니차를 사 왔다. 그때부터 이제 마니차를 돌리고 다녔다. 티베트 사람들처럼.

양쪽으로 기념품 가게가 있고 여러 가지 민속품을 팔고 있었다. 티베트는 모든 게 시계 방향으로 돈다고 했다. 여기서 어린 두 딸을 양쪽에 끈으로 잇고 오체투지를 하는 어머니를 봤다. 구걸 행위인 것 같은데 아이들이 씻지 못해 꾀죄죄하고 마치 미라처럼 야위었다. 오체투지를 하는 로봇처럼 보여 맘이 편치 않았다.

"아동학대 아니야?"

"여긴 티베트야, 누구나 하는 일이야."

"다만 외국인을 상대로 상업적으로 이용한다는 게 문제지."

우울하고 찝찝한 기분을 어쩔 수 없었다. 근처에 전통 저잣거리가 있었다. 복숭아, 복수박 같은 작은 수박, 꽃사과 등이 많이 보여 맛보기로 여러 가지를 조금씩 사서 먹었는데 복숭아가 제일 맛있었다. 외곽에 지진이 자주 나도 라싸는 지진이 나지 않는다고 했다. 불안할 때는 모두 조캉 서원으로 모여 기도를 한다고. 라싸는 축복의 땅이고 신의 땅이라고 믿었다. 그래서 티베트 사람들은 라싸를 자랑스러워했다. 라싸와 조캉 사원이 신성한 곳인 만큼 우리 자신도 신성해지고 정화되는 느낌이 들었다.

세라 사원은 라싸 3대 사원의 하나인데 수행을 위한 사원으로 예전에는 5천 명 이상의 승려가 거주했다고 한다. 비록 중국의 침공과 문화대혁명으로 인해 심하게 훼손되었지만, 지금은 많은 부분이 수리되었다. 티베트 소요 사태 이후로는 소수만이 남아있다. 지금도 오후 3시에는 유명한 토론이 열렸다. 하지만 일정상 그 시간을 맞출 수 없어 안타까웠다. 입장하기 위해 줄 서 있는 사람들이 끝이 없었다.

공양간을 공개하는 곳이 처음이라 들어갔다. 궁색한 살림살이가 그대로 드러났지만 아침 공양 준비에 바빴다. 보리 미숫가루인 짬바는 티베트 사람들의 주식이었다. 뜨거운 물이나 야크 버터로 반죽하여 손으로 꼭꼭 쥐어 조금씩 베어 먹었다. 수유차와 같이 먹으면 식사가 된다. 방석 하나가 놓일 만한 한 평 정도의 수행자들의 자리가 각자 정해져 있었다. '옴마니밧메훔' 진언이 어느 곳에나 있고, 마니차를 돌리는 신도들도 가는 곳마다 있었다. 그런 의식은 그들에게는 그냥 일상이었다.

미점에게도 진언을 외며 마니차를 돌리는 것이 티베트에서의 일상이 되었다. 다른 일행들은 쳐다보지만 우리는 그녀가 진심으로 한다는 것을 느꼈기 때문에 웃지도 않았다. 침대에 누워서도 마니차를 돌리다가 자신의 얘기를 털어놓았다.

"삼 년 전부터 별거하고 있어요."

그런 용기를 가진 미점이 순간 부러웠다. 생각을 실행으로 옮기는 데는 많은 용기가 필요하다.

그날 미점은 독서 모임에서 점심을 먹으러 바닷가 횟집으로 갔다. 식사 후 바람을 쐬러 변두리에 있는 외진 공원으로 갔다. 앞에 데이트하는 중년의 남녀가 있었다. 그 남자가 본가에 간다던 자기 남편이 었다고. 그 자리에서 자지러져 병원까지 갔다고 했다. 모든 신뢰는 깨어졌다. 그 여자는 아파트 입구에 있는 사진관 안주인이었다. 자기 와도 인사를 몇 번 나눈 사이였다. 어쩌다 만난 사이가 아니고 오래 된, 깊은 사이로 드러났다. 남편의 그동안 행각이 다 짝 맞추듯 맞아 떨어지자 지금까지 몰랐던 자신이 부끄러울 정도였다. 아이들의 귀 에 들어갈까 봐 하루하루 마음을 졸이는 고통이 따랐다. 그래도 끝이 나지 않아 다른 아파트로 이사까지 했다. 남편의 바람기는 끝이 없었 지만 아이 셋을 두고 이혼할 자신이 없었다. 미점은 아무런 능력 없 이 남편에게 의지해 살아온 자신이 한탄스러웠다. 독서회도 그만두 고 한동안 쇼핑에 중독이 되었다. 온갖 물건을 사재껴도 공허함이 채 워지지 않았다. 그 후 맞불 작전처럼 자신도 남자를 찾아다녔다. 자 신과 약속을 깨는 남자는 가차 없이 버렸고, 아주 사소한 일도 끝까 지 약속을 지킨 남자에게 지극정성을 다했다. 그러나 그 남자도 결국 가정으로 돌아가고 남편은 매일 저녁 용서를 빌며 화해를 청하고 있 다고 했다. 미점이 오체투지를 하고 마니차를 돌리는 게 자신을 용서 해 달라고 비는 것인지 남편을 용서하기 위한 것인지 나는 궁금했다.

드레풍 사원은 포탈라궁이 완공되기 전까지 달라이 라마가 주석하 며 티베트의 종교와 정치의 중심지 역할을 했다. 천천히 오르려고 해도 경사가 만만치 않고 고산병 증세로 모두 힘들어했다. 그런 만큼 이곳에서 무엇 하나도 예사롭지 않았다. 풀 하나가 소중하고 구름 한 점이 귀하게 느껴졌다. 사람들이 약간 큰 플라스틱 보온병을 많이 들고 다녔다. 차를 스님께 대접하기 위한 것인 줄 알았는데 그게 아니었다. 티베트에서는 촛불 대신 야크 기름을 붓고 심지에 불을 밝혔다. 야크 버터를 녹여 보온병에 넣어 와서 조금씩 등잔불에 부었다. 자기가 직접 만든 것을 가지고 오는 경우가 많다고 했다. 모든 것에 정성과 성심을 다하는 것 같다.

달라이 라마의 겨울 궁전인 포탈라궁은 세계 7대 건축 불가사의 중 하나이며, 현존하는 건축물 중 세계에서 가장 높은 곳에 있는 큰 궁전이라고 했다. 우리는 그곳으로 갔다. 해발 3,000m가 넘는 언덕 꼭대기에 세운 이 전설의 궁은 티베트와 동의어로 '순수한 성'이라는 뜻을 지녔다고 했다. 관음보살의 화신인 달라이 라마가 거주하는 곳이기 때문에 관음보살이 거주하고 있는 성이라 믿는다고.

출입구로 가기 전에 늘 책에서, 광고에서만 본 티베트의 랜드마크 포탈라궁 앞에 서니 정말 눈물이 나올 만큼 가슴이 벅찼다. 영원히 갈 수 없는, 사진에만 존재하는 그런 곳 같았기 때문이다.

"우리가 일제 강점기로 들어갈 때 경복궁에 일장기가 걸린 것처럼 지금 온 티베트에 중국 깃발이 나부끼네."

"그러게. 역사 샘답네."

한낮에 그늘도 없는 땡볕에 물 한 병을 들고 돌계단을 쉼 없이 올라갔다. 고산증세에다 바람 한 점 없어 한 발 걷는 게 힘겨웠다. 성벽에는 총탄 자국이 많았다. 그래도 사람들의 행렬은 이어지고, 미리 보고 온 책과 영화가 클로즈업되면서 감성을 더 자극했다. 끝까지 가야만 하는 길처럼 보였다.

포탈라궁은 티베트를 통일하고 강대국으로 만든 송첸캄포 왕이 왕비인 당나라 문성 공주를 위해 지은 것이라고 했다. 999개의 방과 수행실 1칸을 더해 천 칸의 건물이지만, 목재와 석재로만 만들어 못과 콘크리트를 사용하지 않았다고 했다. 궁전 내부에는 달라이 라마 입적 후 등신불을 제작하여 모신 탑인 영탑전이 있는데 황금과 보석으로 치장하여 무척 아름다웠다. 윗부분의 홍궁에는 달라이 라마 영탑과 각종 불전이 있었고 아래의 백궁에는 불상, 벽화 등과 7천 권의 책이 있었다. 덕분에 포탈라궁은 티베트 민족문화 예술의 보고로 인정받아 세계문화유산으로 지정되었다. 옥상에서는 라싸 전체가 내려다보였다.

"아, 이 풍경! '티베트에서의 7년'이라는 영화에 나오는 장면이다."

"진짜! 그 영화 봤어?"

"나도 봤지, 역시 우리의 인연은 이유가 있어."

"근데 내용은 기억 안 나고 브래드 피트의 잘생긴 얼굴만 기억나."

"그 왜 '인생에 있어 가장 위대하고 아름다운 여행은 곧 자신을 발견해 가는 모험 속에 있다'라는 말이 나오잖아. 그래서 티베트 여행을 결심했어."

노블링카는 역대 달라이 라마의 여름 궁전으로 정무를 처리했던 곳이다. 일명 '보석 공원'으로 알려져 있다. 중국 공산군의 침입으로 대부분이 전소되었으나 14대 달라이 라마가 복원한 불사와 증축으로 지금의 모습이 되었다. 그가 인도로 망명하기 전까지 거처로 사용한 곳이다. 입구에서 안으로 들어가는 옵션으로 순회차를 탔는데 금방 도착하자 순 도둑들이라고 미점이 말했다. 분수와 화원을 구경하고 나오면서 순회차를 다시 타자 왕복 가격이라는 말에 모두 웃었다.
여름 궁전답게 여러 가지 예쁜 꽃들이 많이 피어있고 분수도 있고 나무가 많았다. 나무 아래서 몇 명씩 앉아 불교 교리를 공부하는 주부들도 보였다. 티베트의 기혼자는 앞치마를 하고 미혼자는 앞치마를 하지 않는다. 앞치마는 패치워크나 여러 색깔 천으로 만든 조각보처럼 예쁘게 보였다. 신혼 때 앞치마를 두르고 요리했던 시절이 생각났다. 앞치마를 한다고 달라지지 않겠지만 요리할 때 정성을 더 들일 수 있을 것 같아 하나 사고 싶었다. 하지만 마땅한 가게를 찾지 못했다.
오늘은 라싸에서 장체로 가서 시가체에서 하루 숙박하는 일정이었다. 어딜 가나 흰 구름이 손에 잡힐 듯이 눈앞에 둥실 떠 있었다. 지난밤에 소나기와 천둥, 번개까지 쳐서 무척 걱정되었다. 그러나 아침에는 땅에 비 온 흔적이 전혀 없었다. 워낙 건조해서 바로 다 말라버린다고 했다. 이런 날이 많다고 하지만 그렇게 쏟아졌는데…….

밤비 덕분인지 지나가는 길에 본 라싸강은 아주 크고 물이 많았다. 공수대교를 지나면서 순이 씨는 이 강이 알랑창포 강과 합류하여 갠지스 강으로 흘러가기 때문에 '어머니 강'이라고 부른다고 했다. 언제나 12도~15도를 유지해서 겨울에도 얼지 않는다고. 그래서 겨울엔 세상의 모든 물오리 떼가 다 모인다고 했다. 작은 마을들이 나타나고 수장 터가 보였다. 티베트에는 조장, 수장, 화장 등 여러 가지 장례 방법이 있는데 주로 어린아이는 수장을 한다고 했다. 라싸의 어머니, 물 안의 품으로 간다는 말에 지숙 언니는 눈물을 훔쳤다.

"왜요? 언니, 많이 힘들어요?"

"아냐, 잊었던 첫째 생각이 나서. 다섯 살 때 친정엄마 생신 때 조카들과 밖에 놀러 나간 아이가 저수지에 빠졌거든. 아주 오래된 이야기야."

나는 언니의 손을 잡고 쓰다듬었다. 아픔이 많은 사람이 티베트로 오는구나 하는 생각을 했다.

거의 5,000m가 되는 캄발라 고개로 이동하는데 계속 산꼭대기로 굽이굽이 3시간이나 올라갔다. 어떻게 이런 곳에 길을 닦았는지? 예전에는 비포장도로로 힘들게 갔다고 한다. 산 주름이 깊게 팬 골들이 보이고, 비탈을 힘겹게 다니는 야크와 양 떼들도 보였다. 경치는 이루 말할 수 없이 좋으나 떨어지면 천 길 낭떠러지라 긴장이 되었다. 진짜 떨어져 있는 트럭 한 대가 있었다. 끌어 올릴 방법이 없어 포기했다고 한다. 안개가 자주 끼는 곳인 데다 어두우면 대책이 없을 것 같았다. 사람은 죽었을까 살았을까? 다들 나름대로 추측을 하며 균형을 유지하기 위해 우리는 엉덩이를 들기도 하며 용을 썼다. 미점은 자기가 너무 무거워서 걱정이라고 해서 모두 웃었다. 지형적인 요소 때문에 캄발라는 하늘 아래 가장 고립된 곳인 것 같았다.

캄발라 고갯마루에는 눈이 섞인 비바람이 거세게 불어 너무 추웠다. 룽다와 타르초가 바람에 정신없이 나부꼈다. 룽다는 '바람의 말'이라는 뜻을 가진 오색 깃발이다. 불교 경문을 적어 사원이나 높은 고갯마루에 걸어 둔다. 바람에 날리는 모습이 말 갈퀴가 날리는 것과 같다고 해서 그렇게 부른다고 했다. 걸면서 바람이 닿는 모든 곳에 진리가 퍼져 중생들이 해탈하라는 염원을 담고 있다고. 바람에 닳아 없어질 때까지 룽다는 그대로 있었다. 찢어져 날리는 모습이 내 마음 같았다.

아이들이 깃발을 말아 관광객에게 달려와 사주기를 애원했다. 볼과 손은 언 듯하고 얼굴은 붉게 빛나 내 어린 시절을 상기시켰다. 손이 튼 아이와 푸른 코를 흘리던 친구들이 지금은 모두 멋진 중년이 되었다. 표정을 보니 안쓰럽기도 했다. 우리는 손에 말아 쥔 것이 뭔지, 어디에 어떻게 쓰는 건지 몰라서 사주지 않았다. 펼쳐 공중에 걸린 룽다만 봤지 말아진 먼지떨이처럼 생긴 룽다를 처음 봤다. 가이드의 말을 들은 지숙 언니가 소리 질렀다.

"잠깐만요. 차 좀 세워요."

언니는 아이들한테로 가더니 돈을 손에 쥐여 주고, 깃발을 다 받아 들고 머리를 쓰다듬어 주었다. 사람들이 창밖으로 내다보고 있었다.

"시간 지체해서 미안합니다. 선물입니다."

하나씩 나누어 주고 돌아온 언니는 아이들이 멀어질 때까지 눈을 떼지 못했다.

밤에 미점은 지숙 언니의 눈치를 보며 말했다.

"언니, 아이 없어요?"

"있어. 딸 둘."

"언니 닮았으면 예쁘겠다. 완전 미스코리아 감인데……."

"안 그래도 막내는 몇 해 전에 나갔는데 본선 진출은 못 했어."

언니는 미점이 못 들은 죽은 첫아이 얘기부터 했다. 언니는 남편이 자신을 원망하는 것 같다고 느꼈다. 친정어머니는 죄인처럼 사위에게 고개도 들지 못했다. 언니네도 피하고 조카도 트라우마가 생겨서 힘든 나날이었다. 자신의 고통은 드러낼 수도 없었다. 언니는 동대문 시장에서 모자 도매상을 하면서 돈 버는 일에만 몰두했다. 남편은 직장은 그만두고 돌아다니기만 하고 말끝마다 잃어버린 첫아이 얘기였다. 임신도 안 되고, 죽고 싶은 날도 많았다. 친정엄마는 병이 들고 모든 살림살이를 언니 혼자 책임져야 했다. 하지만 아까 수장 이야기를 할 때 물 안의 품으로 다시 돌아갔다는 말이 위로가 되었다고 했다.

"모두 언니한테 빨대 꽂았네."

"딸아이를 낳고 남편이 안정되고 최근에 사정을 아는 친구가 가게를 봐주면서 숨통이 트여 혼자 여행을 다녀. 다 그렇게 지나가는 거야."

미점이와 나는 훌쩍거렸다. 지숙 언니에게 그런 일이 있었다는 게 상상이 가지 않았다. 세련되고 지적인 데다 웃을 때는 얼마나 매력적인지. 편안하게 잘 살아온 사람처럼 보였는데 지숙 언니의 말을 듣고 누구에게나 힘든 고비가 있다는 걸 알게 되었다. 타인으로 인해 위로받는 일이 많다. 난 어쩌면 다른 사람들 말처럼 호강에 받친 여자일는지도 모른다.

다음 날 날이 개기 시작하더니 굽이굽이 이어진 산자락을 따라 형성된 하늘호수 얌드록쵸가 펼쳐졌다. 눈이 녹아서 푸른 에메랄드빛을 띤다고 했다. 그 높은 곳에 그렇게 아름다운 호수가 있을 줄 몰랐다. 물안개인지 구름인지, 호수 위에 뽀얗게 깔려 있었다. 그 눈부신

푸르름에 눈이 시리고, 하늘과 호수는 한통속이었다. 세계에서 가장 높은 곳에 있는 호수 얌드록쵸는 푸른 보석이라는 애칭이 있었고 분노한 신들의 안식처라고도 불렸다. 물이 마르면 티베트도 존재하지 않는다는 믿음을 간직한 성호였다. 산에 가려 다는 보이지 않지만 내려가는 내내 아름다운 풍경을 보여주었다. 주변은 풀과 유채꽃이 한창인 초원이었다. 마치 스위스를 여행하는 것 같기도 하고, 제주도의 유채꽃밭을 보는 것 같기도 했다. 그러다가 멀리 설산이 솜뭉치처럼 나타나 우리는 동시에 탄성을 질렀다. 눈이 녹아 가끔 폭포처럼 골짜기를 타고 물이 쏟아져 내려왔다. 티베트의 4대 신산 중 하나인 이 일대 만년설의 카롤라 빙하가 지구 온난화로 빠른 속도로 녹아가고 있는 모습을 두 눈으로 볼 수 있었다.

그 설산이 바로 눈앞에 나타났다. 천장공로의 마지막 고개인 미라쉐산, 만년 설산 앞에서 우리는 놀라움을 금치 못했다. 차에서 휴대용 산소를 들이마시면서도 안 내릴 수 없는 광경이었다. 고산증 때문에 며칠째 오징어처럼 늘어진 충주 사람도 제일 늦게까지 사진을 찍고 차를 탔다. 모두 추워 파카에다 목도리까지 두르고 종종걸음을 쳤다. 여기가 5,020m라니! 세상에! 그곳까지 온 게 신기했다. 미점은 여기 사람들은 무엇으로 사는지를 걱정했다. 나는 점점 미점과 친해지고 있었다.

장체에서 큰 남부 중심지인 시가체에 갔다. 판첸라마가 머무는 사원으로 하나의 도시이자 불교대학, 판첸라마의 영탑을 함께 간직한 곳으로 티베트 불교의 정수를 느끼게 하는 곳이다. 이곳은 문화혁명 때도 큰 피해를 보지 않아 보존이 잘 되어 있었다. 규모가 커서 미로 같은 길로 들어서면 다른 곳이 나오고 하나의 마을처럼 보였다. 현재에도 800여 명의 승려가 수행하고 있다. 그래서 그런지 스님들의 모습을 더 가까이서 관찰하게 되면서 어린 스님들도 많이 보였다. 머리를 감는데 우리나라와 달리 짧은 스포츠머리였다. 아마 일조량이 많아서 일사병과 관계가 있지 않을까 했다. 담 위에선 고양이가 늘어지게 하품을 하고, 불심 깊은 개도 아무 데서나 한가로이 잠을 자고 있었다. 평화로움 그 자체였다. 서너 명씩 같이 움직이는 스님들이 보이지만 말소리, 발소리조차 들리지 않을 만큼 조용했다. 우리가 저절로 발뒤꿈치를 들 정도였다. 바쁜 것도 없고, 생사가 달린 문제가 아니라면 중요한 것도 없다는 생각이 들었다. 행복의 원리를 깨달은 사람들이 느리고 불편하지만, 행복하게 사는 곳 같았다.

이곳 스님들은 야크 고기를 드셨다. 야크는 소와 비슷하게 생겼고 털이 많고 추위에 강해 3,000m 이상에 산다. 털, 가죽, 우유, 고기, 뼈, 뿔, 똥도 버리지 않고 사람에게 남김없이 준다. 스테이크보다 육포가 많이 나온다. 시내 정육점에도 그냥 그대로 쇠고리에 끼워 말려지고 있었다. 티베트 사람들은 돌과 흙을 겹겹이 쌓아 벽을 만들어 올리고 지붕이 평평한 2~3층 가옥에 살며 1층은 가축우리나 헛간으로 사용했다. 담 위에는 땔감으로 쓰는 야크 똥이 돌담처럼 쌓여 있었다. 사원 창고에서 자루에 든 말린 야크 똥을 만져보았는데, 냄새도 나지 않고 풀을 말린 것처럼 보였다. 볏짚처럼 쉽게 불이 붙을 것 같았다. 소띠인 지숙 언니를 쳐다보았다. 모든 걸 다 주고 넉넉한 미소를 머금고 있었다. 언니의 희생이 많은 이에게 평안을, 자신에게는 당당함을 준 게 아닌가 하는 생각을 했다.

저녁을 먹으면서 민속 공연을 보았다. 전통 복장을 한 남녀가 나와 노동무 같은 노래와 춤을 선보였다. 티베트는 전통적으로 일처다부제라고 했다. 그럼 여자가 부족한가? 남자보다 여자가 더 많이 보이는데……. 유목 생활과 경제적인 면을 고려하여 그렇게 된 것 같다. 어찌 보면 여자는 남자의 집안과 결혼을 하는 셈이다. 이 결혼 풍습은 개방 이후로 점점 사라지고 있다고 했다.

"나는 전생에 티베트 여자였구나."

미점의 말에 우리는 웃었다. 다른 사람들은 무슨 뜻인지도 모르고 따라 웃었다.

칭장 열차는 차마고도로 잘 알려진 여러 하늘 길 중 천장공로라고 불리는 거얼무에서 라싸를 잇는 열차이다. 칭장 열차는 5,072m의 세계에서 가장 높은 곳을 통과하는 철도로 기록되어 있다. 중국의 수도인 북경에서 라싸까지 약 48시간 동안 고도나 기온 변화 등 외부

환경에 따른 영향을 최소화하여 편안한 여행을 할 수 있도록 완전 밀폐형으로 되어 있다.

칭장 열차에 탑승하기 위해 라싸 역으로 갔다. 역에는 진짜 많은 사람들이 북적거렸다. 우린 여행사를 통해 이미 오래전에 예약했지만 보통 칭장 열차 티켓은 '하늘의 별 따기'라고 했다. 가이드 순이 씨가 일정이 끝나 고향 연변으로 가는 길에 합승하게 되었다. 생각지도 못한 칭장 열차 티켓을 쥐고 얼마나 좋아하는지 그 모습을 보는 사람이 다 행복해했다. 칭장 열차 대기실 화장실에 세면대는 감성 센스가 있었다. 손을 대다가 꼭지를 치다가 하던 언니에게 손을 비벼야 물이 나온다고 했더니 폭소를 터뜨렸다. 비벼야 뭔가를 얻을 수 있는 세상의 이치를 중국 화장실에서도 찾을 수 있었다. 어떻게 알았느냐고? 감성을 가져야 뭔가가 이루어지니까.

라싸를 출발해 나곡을 경유, 거얼무를 지나 서녕에서 갈아타고, 난주를 거쳐 서안에 도착하는 여정이었다. 33시간 정도를 타고 가야 했다. 시베리아 횡단 열차와 칸은 비슷한 크기이나 더 깨끗하고 화장실과 세면대도 세련되었으며 복도가 넓어 간이테이블도 있었다. 그러나 더 많은 인원으로 시끄럽고 복잡한 느낌이 들었다. 평원에서 평화롭게 풀을 뜯는 수십 마리의 양 떼와 야크 떼들이 스쳐 지나갔다. 예전의 우리 비둘기호보다 더 느리게 들판을 달리기도 했다. 황무지 같은 돌산과 아무것도 없는 굵은 모래밭이 끝없이 펼쳐졌다. 머리가 약간 띵해서 벽에 붙은 산소 가압장치를 누르니 산소가 나오면서 조금 괜찮아졌다.

우리가 머문 곳은 6인실이었는데 국적을 불문하고 사람들이 섞여 있었다. 일행이 같은 방을 차지하기가 무척 어려운 것 같았다. 일행 중 부부가 두 쌍이나 서로 다른 칸으로 나누어지는 경우도 있었다. 우리 셋은 다행히 한 방에 뭉쳐져서 함성을 질렀다. 남자 두 명도 같은 일행이고 2층 한 명만 중국인으로 계속 잠만 자고 있었다. 복도 스피커에서는 낮고 조용한 중국 노래가 흘러나왔다.

같은 일행들이 보드카도 모자라 꼭지 부분에 따로 동충하초가 들어 있는 중국술과 고량주, 소주 등 다양한 술과 안주를 먹으며 권했다. 원난성의 국화차를 비롯하여 생강차, 대추차까지 마시며 웃고 떠들었다. 우리는 또 다른 추억을 만들고 있었다. 너무나 바쁜 일상에 쫓겨 다니다가 가장 원초적인 행동으로 먹고, 자고, 싸고를 반복했다. 인간은 자신이 직접 경험해 보지 않고는 모른다. 아는 것과 느끼는 것은 다르다.

"삶이 지루하거나 자신을 찾고 싶다면, 티베트에 가고 칭장 열차를 타라고 권하고 싶다."

"맞아, 나도 그렇게 말하고 싶어."

지숙 언니는 빙그레 웃기만 했다. 칭장 열차 밖으로는 황무지 산비탈에서 야크들이 불안하게 비틀거리며 용을 쓰는 모습이 보였다. 우리도 위태로운 고공에서 줄타기는 그만하고 이제 제자리로 돌아가야 할 때가 온 것 같았다. 다시 끝없는 넓은 평원이 나타나기도 하고 메마른 벌판이 나오기도 했다. 초원에 하얀 양 떼가 있는가 하면 물이 자작자작 흐르는 게 얕으면서 넓은 개울이 나오기도 했다. 옆 칸에 다른 한국인 일행이 어제부터 고스톱 판을 벌이더니 이제는 지쳤는지 중국인에게 고스톱을 열심히 가르쳐 주고 있었다.

잠깐 졸다가 이상한 소리에 눈을 뜨니 갑자기 폭우가 쏟아지고 있었다. 밖은 컴컴하고, 빗방울은 사정없이 차창을 때렸다. 거의 잠을 자고 있지만, 비 때문인지 우울한 분위기가 느껴졌다. 모처럼 기차 안이 조용했다. 스피커에서 나오는 중국 노래가 더 애절하게 다가왔다. 고백이나 참회하기 좋은 날이었다. 다들 뭔가 골똘히 생각에 잠겨 있을 때 미점은 이제 집으로 돌아갈 것이라고 했다.

"맞불 작전도 할 만큼 했고, 그 또한 업이 될 것이고, 그 인간이 마음잡은 것 같고……."

"잘 생각했어."

"저도 최근에 아픔이 있어 티베트 여행을 결심했어요."

"반백 넘게 살면서 한 번도 흔들리지 않는 사람이 어디 있니?"

"맞아, 영희 씨만 자기 얘기 안 했어."

인생이 너무 지루했다. 늘 똑같은 일상에 특별한 날이 전혀 없는 날들이었다. 고여 있는 물이 썩는 것처럼 우울증이 왔다. 남편과도 선보고 급하게 결혼해서인지 말 그대로 그냥 '가족'이었다. 그때 나를 일으켜 세우는 사람이 있었다. 친구처럼, 연인처럼 지내면서 우울증에서 헤어났다. 시간이 가면서 지금은 남자로 느껴지지 않지만 없으면 안 되는 진짜 친구가 되었다.

그 모든 과정을 아는 여고 때부터 친한 친구가 있었다. 어느 날 대학 다니는 딸이 들어오더니, 화를 내고 난리를 쳐서 내가 물어봤다. 딸과 친구 아들이 친하다는 건 가끔 얘기를 들은 적이 있어 알고 있었다. 최근에 둘이서 더 친해졌는지 같이 가다가 길에서 그 친구를 만났다. 그러니까 남자애 어머니다. 근데 밤에 그 친구가 자기 아들보고 "친구끼리 사돈 하는 것 아니다." 하며 엄마 친구와 사돈 하고 싶지 않으니 깊어지기 전에 헤어지라고 했다는 것이다. 기분이 이상했다. 딸이 문제가 아니고 내 탓인 것 같았다. 딸이 나처럼 될까 봐 그런 게 아닐까 하는 생각이 들었다. 근 10년을 본 그 남자와 헤어질 때는 울지 않았지만, 친구를 만나 울면서 헤어졌다. 이해하는 것과 수용하는 것은 다른 것 같다. 가장 가까운 두 사람을 동시에 잃었다.

"영희야, 나이 들수록 친구가 더 중요해. 마음을 더 열고 친구랑 화해해. 아이들도 깊은 사이가 아니라며? 대학생이면 아직 멀었어. 군대 갔다 오고 새로운 사람도 사귀고 만남과 헤어짐을 반복하면서 제 짝을 찾는 거지."

"너무 속상했는데, 여행 내내 저도 그런 생각을 했어요. 친구 선물도 샀어요."

　금세 청명한 하늘에 흰 구름이 손에 잡힐 듯이 눈앞에 둥실 떠 있었다. 멀리서 지평선 위로 일직선에 가까운 화려한 금빛이 보이기 시작하더니 조금씩 올라왔다. 색은 엄청나게 진하고 선명하며 강한 빛이 나는 데다 색 간격이 좁아 무지개라고 하기도 애매했다. 우리가 흔히 보는 무지개와는 달랐다. 여기저기 국적을 불문하고 모두가 오로라니, 무지개니 하며 환호성을 질렀다. 정말 아름다운 광경이었다. 그 빛깔이 눈앞에서 점점 커지는 것을 보니까 너무 신기했다. 누구에게 감사해야 할지 모르지만, 차례대로 "감사합니다."를 연발했다. 계속 멀리 꼭대기만 보이면서 따라오던 설산이 조금씩 더 머리를 내밀었다. 아름다운 설산이 나타날 때마다 셔터 누르는 소리로 기차 안이 가득 찼다. 또다시 차 안은 환호성으로 넘쳤다. 탕구라산의 멋진 만년설과 그림 같은 고원의 풍광을 기차 안에서 편안하게 감상할 수 있었다. 비바람의 풍화작용과 지형에 따라 산꼭대기의 잔설은 튤립 모양, 가오리 모양, 오징어 모양으로 수놓아져 있었다. 자연의 신비에 감탄할 수밖에 없었다.

　티베트에서 탄 칭장 열차를 이제 서녕에서 산소 가압장치가 없는 일반 열차로 갈아탔다. '옴마니밧메훔' 육자진언을 외우고 뇌우치면 깨끗이 정화된다고 믿는 사람들. 그들을 가슴에 담고 중국 서안으로 다시 돌아왔다. 멀어서 아득히 더 그리운 곳이다. 돌아갈 곳이 있다는 것은 방황을 멈추게 하기도 한다. 명분과 사명까지 있다면 당위성까지 생긴다. 모두 먼 길을 돌아 제자리로 가고 있었다. 인천발 비행기가 뜨면서 멈춰진 시간은 다시 흐르기 시작했다.

조팝나무 꽃

*

에스라인의 그녀는 장미꽃을 들고 아줌마, 아저씨, 언니, 오빠를 부르면서 뱅글뱅글 돈다. 목젖이 보일 정도로 크게 웃으며 바람까지 몰아서 안으로 들어가게 한다. 썬 미용실의 풍선 광고 속의 그녀는 오늘도 쉬지 않는다.

수선은 연신 하품을 하며 걸레로 먼지를 닦았다. 마칠 때 비질을 했지만, 짧게 커트로 자른 머리카락은 솔 침처럼 구석구석 꽂혀 있었다. 걸레를 놓고 거울을 봤다. 한무 생각으로 잠을 설쳐 다크서클이 진했다. 양손 검지 끝으로 눈 밑을 문질렀다. 건너편 택시 승강장에 정국이 담배를 물고 어슬렁거리고 있는 것이 보였다. 그녀는 한숨을 쉬고 다시 청소했다. 잠시 후 문에 달린 종이 딸랑거렸다. 정국이 바깥 공기와 함께 들어왔다. 그녀는 쳐다보지도 않고 걸레질을 계속했다. 정국은 복싱 글러브를 치우는 흉내를 내며 말끝을 높였다.

"암만 기다려 봐도 소용없다."

그녀는 대구하지 않았다. 정국은 히죽 웃고 침을 튀기며 소리쳤다.

"그 자식은 안 올걸."

수선은 손을 멈추고 그를 바라보았다. 야간 근무를 하고 왔는지 회사 작업복 차림에 얼굴이 까칠했다. 실실 웃는 그의 얼굴에 그냥 하는 말인지 정말인지 알 수가 없었다. 처음 왔을 때 짧은 머리인데도 스포츠머리로 바짝 깎아 달라고 했다. 그 후 매달 한 번씩 머리를 자르러 드나든 지가 삼사 년 되었다. 수선의 어깨만큼 오는 키에 취미로 하는 권투로 손톱도 들어가지 않을 듯한 단단한 몸을 가졌다. 손님들이 불편해하자 정국은 올 때마다 근처 분식집에서 먹을 걸 들고 와서 우스갯소리를 했다. 그녀는 창 너머로 보이는 거리의 좌우를 살피며 빠르게 말했다.

"마치고 저녁에 봐."

그제야 그는 휘파람을 불며 밖으로 나갔다. 물끄러미 그의 뒷모습을 보다가 결혼식에 간다고 올림머리를 예약한 손님이 오자 그녀는 금방 미소를 지었다. 머리를 손질하는 동안 늘 손님과 거울 속에서 대화했다. 오늘도 많은 사람이 거울 앞에 앉아 자신이 아는 이야기를 하고, 새로운 걸 듣고 간다. 미용실 인볼이 돌아가면 거울은 세상 돌아가는 일을 앉아서 아는 만화경이 된다. 미용실은 유명인뿐만 아니라 옆집 사람까지 화제에 오르는 사랑방이다. 사람들이 제비처럼 별별 이야기를 다 물고 와 떨어뜨리고 가는 곳이다.

친구를 만나고 오겠다던 한무가 연락이 없는 것이 벌써 육 개월이나 되었다. 수선은 시간이 갈수록 무덤덤해졌지만 어떤 날은 무척 보고 싶을 때가 있었다. 손님이 없을 때 창밖을 멍하니 내다보고 있으면 정국은 실연당한 여자 같다고 농담조로 놀렸다. 그녀를 웃기려고 애를 썼다. 회사에서 들은 빵 터지는 우스갯소리를 핸드폰에 저장해서 전해주곤 했다. 낮에 들었던 이야기일지라도 수선은 그냥 처음처럼 들었다. 그건 서비스업을 하는 사람의 매너라고 생각했다. 이야기는 언제나 돌고 돌았다. 수선은 파마 손님이 가고 나서 고무줄과 롯드를 골라내고 파지를 한 장씩 폈다. 바쁠 때 정국이 펴준 적도 있었다. 그의 말이 생각나서 서둘러 정리를 하고 나갔다.

정국은 밖으로 눈길을 보내다가 실내포차로 들어오는 수선을 보고 반색을 하며 방석을 내주었다. 앉자마자 그녀는 정국을 다그치기 시작했다.

"무슨 말이야?"

"내가 보내 버렸다. 왜?"

"무슨 자격으로?"

"서로 사랑하는 사이고 같이 잔 사이라고 했다. 왜?"

그녀는 벌떡 일어섰다. 피가 역류하는 듯이 얼굴에 열이 확 올라왔다. 심장이 뛰쳐나올 것 같이 온몸이 펄떡거렸다.

"미쳤어? 어떻게 그런 말을."

수선은 컵에 있던 물을 그의 얼굴에 끼얹고 밖으로 나왔다. 오한이 드는지 팔을 모아 잔뜩 오그리고 떨며 걸었다. 그는 한무와 수선의 관계를 단순히 사귀는 사이로 알고 있는 것 같았다. 그녀는 한무가 자신에게 물어보지 않고 사라진 이유를 아무리 곰곰이 생각해도 알 수가 없다는 표정이었다. 한무의 짐을 아직도 그대로 두었다. 짐이라고 해봐야 운동복 한 벌과 철 지난 여름 잠바와 바지, 운동화, 속옷, 공무원 시험을 준비하는 책이 다였다. 모든 게 그녀가 한무를 위해 사 준 것들이었다. 그녀는 한무가 정국의 말을 사실로 받아들였다면 다시 안 올 수도 있겠다는 생각이 새삼스레 들었다.

정국의 말 때문인지 잠이 오지 않아 수선은 몸을 계속 뒤척거렸다. 가로등 불이 방안에 들어온다고 한무가 달아준 암막 커튼으로 아침인지 밤인지 분간이 안 됐다. 전화벨이 한참 울렸다. 다시 몇 번 울렸다. 잠을 자는 건지 안 자는 건지, 그녀는 그대로 누워 있었다. 한무가 구부정한 어깨로 잔뜩 움츠리고 빈 들을 걸어가는 것이 보이기도 했다. 꿈결에 그녀를 부르는 소리를 들었는가도 싶었다. 그녀는 우는 듯, 짧은 신음을 내며 살포시 다시 잠이 들었다. 고요와 어둠이 방 안을 덮었다. 커튼 사이로 불빛이 새어 나오는 걸 보고는 또 눈을 감았다.

수선은 머리를 산발한 채 그림자처럼 일어나 더듬거리며 상자에서 옷을 꺼내 한무의 체취를 맡았다. 생각에 잠겨 있는 한무가 보이는 듯 수선은 짧게 이름을 불렀다. 잠바 호주머니에 잡히는 작은 약통을 꺼내 책상 위에 놓았다. 미용실 옆 약국에서는 단번에 결핵약이라고 설명했다.

수선이 의아한 표정을 짓자 약사는 지금도 라디오에서 결핵 공익 광고가 나오고 있다고 했다. 요즘도 과로와 스트레스, 영양 불균형으로 젊은 층에서 많이 발생하고 있다. 아직도 우리나라가 결핵 발생률과 사망률이 높은 편이다. 환자 임의로 투약을 중지하거나 변경하면 결핵균의 내성을 키워 주는 결과가 초래되어 위험하다. 스트레스를 받지 않도록 하고, 푹 쉬고, 병원 처방에 잘 따라야 한다. 위장 장애를 일으킬 수도 있기 때문에 식사를 잘해야 한다. 몇 알밖에 먹지 않은 걸로 봐서 최근에 발병했는지도 모르겠다. 약사는 말을 자세하고도 길게 했다.

수선은 한무에 대해 많은 것을 안다고 생각했는데 아는 것이 별로 없다는 생각에 우울했다. 불편한 잠자리에 제대로 챙겨 주지도 못해서 그렇게 되었나? 미안한 생각에 모든 게 자신이 없어져 어깨가 축 처졌다.

한무도 처음에는 정국처럼 손님으로 왔다. 수선이 가게 문을 닫으려고 하는데 비쩍 마르고 머리가 덥수룩한 남자가 들어왔다. 그 사람은 삭발해 달라고 했다. 수선이 머뭇거리자 씩 웃으며 말했다.

"괜찮아요. 바리깡 없어요? 회사에서 해고당하고 여러 가지 알바를 하다가 공무원 시험 보기로 작정했거든요. 지나가다가 미용실이 보여서 들어왔어요."

"아예, 새로운 도전을 하시네요."

거울 속의 한무는 밝아 보이질 않았다. 밀수록 고스란히 보이는 머리의 빛처럼 허전하고 슬퍼 보이는 푸른 기색이 얼굴까지 그렇게 보였다. 아기 때 순둥이였는지 그의 납작한 뒤통수가 드러났다. 민머리를 감기는데 코끝이 찡해 콧물을 들이마셨다.

"새 출발을 하는 의미에서 한잔할래요?"

"진짜요? 갑자기 기운이 팍 나네."

마른 얼굴에 해맑게 웃는 한무를 보니 수선은 못 챙겨 준 동생 생각이 나서 그냥 보낼 수가 없었다. 사정이 딱한 그 사람을 고시텔에서 나오게 했다. 수선의 집으로 와서도 한사코 부엌 겸 거실에서 잤다. 한무는 그 이후로 미용실로 오지 않았다. 아침 일찍 학원에 가서 밤늦게 왔다. 아마 그 시각이 학원이 문 닫을 때인 모양이었다. 수선은 미용실을 닫고 와서 씻고 텔레비전을 보다가 졸면서 한무를 기다렸다. 지쳐서 자리를 펴고 누울 때가 돼야 한무가 들어왔다. 투정을 부리면 미안한 얼굴로 수선을 다독거리며 말했다.

"피곤한데 기다리지 말고 자요. 올해 끝내야 취직도 하고 결혼도 하지."

한무의 마음을 아는 그녀는 기다리다가 문소리가 나면 일부러 자는 척하기도 했다. 부담을 주기 싫었다. 생활비와 심지어 학원비까지 수선에게 의지하는 게 싫은지 한무는 낯빛이 늘 어두웠다. 수선의 소망은 한무가 활짝 웃는 것이었다. 시험에 합격하고 결혼을 하면 그렇게 되리라는 생각을 하며 일 년 반을 같이 살았다.

수선은 며칠 만에 밖으로 나왔다. 햇살이 눈부셨다. 겨울바람마저도 부드럽고 상쾌한지 잠시 눈을 감고 심호흡을 했다. 긴 터널에서 빠져나온 사람 같이 어설프게 걸었다. 미용실 문에 '사정이 있어 당분간 쉽니다.' 써 붙이고 시외버스 정류장으로 갔다. 한무를 찾고 싶다는 생각은 하면서 기다리기만 했던 자신이 한심했다. 이렇게 나서면 될걸, 하고 짧게 중얼거렸다. 사거리 코너에 있는 휴대폰 가게는 그새 사라지고 내부 공사를 하고 있었다. 숨 가쁘게 모든 게 빨리 바뀌었다. 또 무슨 가게를 할지, 인테리어 업자들의 손길이 바빴다. 물끄러미 쳐다보다가 더 커진 기계 소리에 놀라 발걸음을 옮겼다.

경주터미널에서 내남면으로 들어가는 시외버스는 한 시간 후 출발이었다. 배에서 소리가 날 지경이 되어서야 제대로 먹지 않았다는 사실을 깨닫고 해장국 집으로 들어갔다. 묵채와 콩나물을 넣은 해장국은 잘 넘어갔다. 국물도 깔끔하고 속이 시원했다. 작년 새벽에 한무와 같이 먹은 적이 있는 집이었다. 한무는 국물 한 방울 남기지 않고 세상에 부러운 것이라곤 하나도 없는 사람처럼 행복한 얼굴을 했었다.

버스 안은 시골 노인이 몇몇 앉아 있을 뿐 썰렁했다. 겨울이라 그런지 빈 들판에는 바람만 훑고 다녔다. 까마귀 몇 마리가 남은 낟알을 주워 먹고 있었다. 버스 안은 따뜻했지만 수선은 옷깃을 여몄다. 이조리를 간다는 말에 마음을 놓고 앉아 있다가 이정표가 써진 버스 정류장이 보이자 내렸다. 겨울 숲길에는 덤불 줄기가 살아남으려고 얼마나 구불거리며 애를 썼는지 잎이 다 떨어진 채 선명하게 드러났다. 마을로 들어가서 지나가는 사람에게 한무의 집을 물었다. 그는 고개를 갸우뚱거리며 무슨 말을 하려다 말고 집을 일러 주었다. 알려 준 곳으로 찾아가니 입구에 전봇대가 있고 밭 가운데 기와에 파란색을 칠한 작은 집이 눈에 띄었다. 불러도 인기척이 없었다. 평상에 앉아 있으니 한기가 스멀거리며 옷깃을 헤집고 들어왔다. 마당과 밭에서 바람 소리가 깨진 퉁소 소리처럼 났다. 감기가 올 것 같아 할 수 없이 방문을 열어 보았다. 방안은 깔끔하게 정리되어 있고 사람의 흔적이 없었다. 문을 닫고 망설이다 그냥 들어가서 이불을 폈다.

조용히 수선을 바라보던 한무의 얼굴이 강한 바람에 모래알처럼 한 알씩 날려 사라져 버렸다. 소리를 지르며 눈을 떴다. 형광등 밑에서 한 꼬마가 수선을 내려다보고 있었다.

"누구?"

동시에 나온 말에 둘은 킥킥 웃었다.

"한무라는 사람 집 맞니?"

"우리 아빠데요."

수선의 눈이 커졌다가 이내 사정이 있겠지 싶었다. 한무의 나이로 봐서는 이렇게 큰 아이가 있을 수 없었다.

"다 어디 가셨니?"

수선의 입만 쳐다보고 눈을 말똥거리던 아이는 웃음기가 사라지고 금세 시무룩해졌다.

"할머니랑 둘이 살았는데 작년에 할머니가 돌아가시고, 몇 달 전에 아빠가 오셨는데 얼마 전에 돌아가셨어요."

그럼 한무가 죽었다는 말인가? 수선은 놀라움을 이기지 못해 쓰러 지듯 눈을 감았다. 아득한 어둠 속으로 들어갔다.

수선이 팔에 심한 통증을 느껴 눈을 떴을 때 웃고 있는 한무가 보 였다.

"어디 갔다 왔어요?"

아이가 이마에 올린 수건을 바꾸면서 심각하게 말했다.

"저, 재호인데요. 괜찮으세요? 아빠도 이렇게 많이 아팠어요. 비를 엄청나게 맞고 귀신처럼 나타나서 열이 나고 기침을 하더니 잘 먹지 도 못하고 일어나지도 못했어요. 이 주일 정도 그러더니 눈을 뜨지 않더라고요. 아빠를 처음 봤는데 할머니처럼 그렇게…….."

너무나 차분하게 남의 이야기를 하듯이 말했다.

"아줌마도 눈을 뜨지 않을까 봐 걱정돼서 팔을 꼬집어 봤어요."

아이는 쑥스럽게 눈웃음을 지었다.

"그럼 혼자 사니?"

"마을회관에서 밥 먹고 놀고 거기서 잘 때도 있어요. 낮에 할머니들끼리 싸워서 오늘은 그냥 집에 오고 싶어서 왔는데…… 우리 아빠를 어떻게 알아요? 엄마는 아닌 것 같고, 그럼 아빠 애인?"

아이는 마치 드라마를 보는 것처럼 눈을 반짝거리며 신난 표정으로 궁금해했다. 수선이 그냥 피식 웃었다.

"키익, 애인 맞네요."

선한 눈매는 한무를 그대로 닮았다. 수선은 아이가 그 사람의 아들이 틀림없다고 생각했다. 웃는 낯이 천생적으로 밝아 보였다.

"아줌마 배고프죠? 라면을 끓여 올게요."

수선이 말리고 싶었지만 기운도 없고 배가 고파 말은 입속에서 머물고 말았다. 능숙하게 양은 냄비에 김치까지 얹어, 아이가 칠이 벗겨진 작은 사각 상을 내밀었다. 온종일 파마 손님이 많은 날은 진이 빠지고 파마약 냄새에 속이 메슥거렸다. 밥도 안 먹고 누워 있으면 재호가 한 것처럼 한무가 그렇게 했다. 수선은 뜨거운 김에 눈이 맵다며 눈물을 훔치며 먹었다. 재호는 마을회관에서 저녁을 먹었다며 먹지 않고 뿌듯하게 지켜보고 있었다. 먹고 나니 더 나른하여 그대로 누웠다. 수선은 재호를 찬찬히 뜯어보면서 말을 시켜 보았다.

재호는 엄마에 대한 기억이 없었다. 외할머니, 외삼촌 내외와 살았다. 처음엔 외숙모가 엄마인 줄 알았다. 네 살 때 외사촌이 생기고 외할머니의 손을 잡고 친할머니 집으로 왔다. 재호 엄마는 잘살고 있지만, 행여 시댁에서 알까 봐 걱정돼서, 친가에서 키우는 게 맞는다는 생각에 데리고 왔다고 했다. 그 후 재호는 외할머니를 본 적이 없었다. 외갓집이나 할머니 집이나 별반 다르지 않았다. 옆집처럼 느껴질 정도로 비슷한 산등성이가 보이고 집 옆에는 옥수수밭이 있었다. 개들이 짖는 소리로 동네가 시끄러웠다. 재호는 별로 낯설지 않았다. 할머니가 강아지를 얻어 줄 때부터 종일 강아지하고만 놀았다. 정들었던 '똘이'가 없어진 것이 지금까지 제일 슬픈 일이었다. 재호는 텔레비전을 켜 놓은 채 잠이 들었다.

수선은 재호를 두고 올 수가 없었다. 김치와 계란프라이로 아침을 먹었다. 가끔 면사무소에서 복지사가 나와 쌀과 라면을 갖다주었다. 수선은 벽에 있는 옛날 사진들을 보았다. 단출한 가족이었다. 한무로 보이는, 까까머리에 교복 입은 학생 사진 몇 장밖에 없었다. 재호는 텔레비전을 보고 수선은 누워 있었다. 어떻게 해야 할지 몰라 이리저리 몸을 뒤척이며 끙끙거렸다. 재호가 돌아보더니 씽긋 웃으며 말했다.

"아줌마가 여기 살면 좋겠다."

부스럭거리며 움직이는, 뭔가 꿈틀거리는 소리가 기분 좋게, 맘을 편안하게 하는 모양이었다.

"아줌마는 재호한테 해 주는 것도 없는데."

"그냥 있으면 돼요."

재호는 사람이 그리운 것 같았다. 혼자 사는 사람만이 하는 말이었다.

밖에서 누가 부르는 소리가 들렸다. 재호는 나가서 손님이 와서 나중에 간다고 말했다.

"마을회관에 가서 뭐 해?"

"고스톱 치는 것 구경도 하고, 심부름도 하고 텔레비전도 봐요."

재미있다는 듯이 자랑스럽게 말했다.

"그럼 놀다 와."

"괜찮아요. 나중에 가면 돼요."

재호는 조심스럽게 수선의 눈치를 살폈다.

"맛있는 거 있으면 얻어 올게요."

불안한 기색을 하며 나갔다. 수선은 그만 돌아갈 참이었다. 정이 들수록 인연을 끊는 것이 힘들다는 말이 떠올랐다. 계속 오는 정국의 전화를 무시하자 살아있다는 답만 하라고 문자가 왔다. 잘 있다고, 오늘 가게를 연다고 답을 보냈다. 누구든 책임도 못 지면서 정 주고 상처까지 주는 건 아니라는 생각이 들었다. 수선이 준비하고 나서자 재호가 떡을 들고 뛰어왔다.

"어젯밤에 제사 지낸 집에서 회관에 나물과 전을 많이 가지고 와서 떡은 손님 갖다주라고 했어요."

수선의 가방을 보더니 재호는 금방 눈물이 떨어질 것 같았다.

"아줌마, 가요?"

수선이 얼버무렸다. 도저히 간다고 말할 수가 없었다.

"면사무소에 가 볼까 해서……."

"따라가면 안 돼요?

수선은 어릴 때 엄마 손잡고 시장에 따라갈 때만큼 신나는 일이 없었다. 수선은 미용 봉사도 하는데 일일 대모가 뭐 그리 대수인가 싶어 잠깐 망설이다 웃으며 말했다.

"그래, 같이 가자."

재호의 겅중거리는 발걸음을 보고 수선이 할 말을 잃었다. 자신이 지금 무엇을 하고 있는지. 꿈을 꾸는 것 같았다.

버스 정류장에 서 있으니 마을버스가 왔다. 면사무소 직원은 가족이 아니면 가족 관련 사항은 보여 줄 수도, 알려 줄 수도 없다고 했다. 재호가 말한 것 외에 특별히 더 알 수 있는 게 없었다. 경주 시내로 나가는 버스를 보는 순간 수선은 어렵게 말을 했다.

"아줌마는 재호 엄마도 아니고, 결혼도 안 했고, 재호를 책임질 사람도 아니야."

"알고 있어요."

재호는 작은 목소리로 겨우 말하곤 고개를 떨어뜨렸다. 납작한 뒤통수까지 한무를 닮았다. 순간 한무의 간절한 눈빛이 어른거렸다. 수선은 재호와 다시 동네로 돌아왔다. 면사무소 직원 말이 한무가 죽고 재호를 아동 시설에 보내려고 했는데, 재호가 한사코 싫다 했다고. 3월에 초등학교 입학을 해야 하는데, 엄마라도 찾아서 보내야 할 것 같다고 수선의 눈치를 살피며 말했다. 아침에 그 동네 사람이 와서 재호 엄마가 왔다고 했는데 아닌가 보네요, 하는 말은 묘한 뉘앙스를 풍겼다. 사람들이 쳐다보는 것 같아 수선은 고개를 숙였다. 임시 보호자로 이름과 연락처를 적어 주었다. 이미 동네 사람들은 재호 엄마가 맞다 아니다로 말들이 많은 것 같았다.

돌아오는 길에 재호가 산소 이야기를 했지만, 수선은 한무가 묻힌 곳을 가보지 않았다. 그냥 그 사람이 멀리 있어 아직 나타나지 못하고 있을 뿐이라고 생각하고 싶었다. 수선은 어떻게 되겠지 하는 생각이 들자 재호와 눈을 맞추었다.

"재호가 학교도 가야 하는데 아줌마하고 살래?"

"그래도 돼요?"

눈을 크게 뜨고 말했다.

"근데 여기가 아니고 아줌마가 사는 동네에 가서 살아야 해."

시무룩한 표정을 지었다가 금세 밝아진다.

"아줌마가 여기서 무얼 하겠어요? 괜찮아요."

짐을 싸자는 말에 재호는 행동이 빨라졌다. 옷을 꺼내고 하더니 갑자기 울려고 했다.

"오고 싶으면 다음에 또 오자."

재호는 고개를 끄덕거렸다.

수선은 재호를 집에 데려다 놓고 미용실 문을 열러 갔다. 사거리에 공사 중이던 가게는 그새 '미스터 헤어샵'이라는 간판이 걸려 있었다. 미용실 싸인볼을 켜고 문을 열자마자 어디서 기다렸다는 듯이 정국이 들어왔다.

"미용실은 자꾸 생기는데 문도 안 열고 어디 갔다 왔냐? 한무라는 놈 만났어?"

잡지를 툭툭 던지며 쉬지 않고 질문을 퍼부었다. 수선은 이틀 비운 사이에 가게에 앉은 먼지를 조용히 닦았다. 그가 의자를 차며 폭발하듯이 소리를 질렀다.

"말을 하라고!"

정국을 정면으로 쳐다보고 싸늘하게 말했다.

"죽었다. 죽었어."

수선은 자기 암시를 하듯 높낮이도 없이 조용히 같은 말을 계속하고 있었다.

"뭐? 그 자식이 왜?"

"죽었다고! 됐어?"

"미치겠네. 진짜 죽었어?"

수선은 참았던 울음이 한꺼번에 터져 나왔다. 털썩 주저앉아 두 다리를 뻗고 죽었다는 말만 하며 봇물이 터진 듯 눈물을 흘리고 있었다. 정국은 짧은 머리를 쓸어 올리며 빡빡 긁더니 나가버렸다.

택시 승강장 옆 수협 2층에 미용실이 생겼다. 예전에 하드 왁스로 앞머리를 세우고 보라색 미장센 표 스프레이로 자존심을 세우며 촌티 날리던 보조 스텝을 하던 후배였다. 그곳에 '이끌림'이라는 간판을 달았다. 카페처럼 세련된 분위기로 잘생긴 남자 미용사를 고용하고 깔끔한 유니폼을 같이 맞춰 입고 손님을 끌고 있었다. 스탠드 모양의 줄 세팅기와 두피를 케어하는 최신식 기계를 들여놓았다고 소문이 났다. 불경기에 꼬시래기 제 살 뜯어 먹기로 근처 남성 미용실에 이어 앞에도 미용실이 생기자 수선은 타격이 심했다. '모닝 파마 반값 세일'을 붙여도 똑같았다. 손님 말로는 '이끌림'도 그렇게 하고 있다고 했다. 오래된 단골도 수선을 걱정하는 척하더니 서서히 그쪽으로 가고 있었다. 머리를 감겨 줄 때 젊은 남자의 손길이 좋다나! 요즘 아줌마들은 살찔까 봐 삼박자 커피보다는 원두커피를 좋아한다고 커피머신을 들이라고 재료상에서도 전화가 왔다. 수선은 편두통까지 심해져서 인상을 쓰고 한숨을 내쉬었다.

밥을 차려 놓고 나오면 마치 한무가 했던 것처럼 재호는 혼자 먹고, 책을 읽고, 글자 연습을 했다. 괜히 데려다 감옥살이시키는 것 같아 집 근처 학원에 보내기로 했다. 사람들이 오해할까 봐 미용실에는 데려오지 않았다. 집에 가면 재호는 수선에게 오늘 있었던 이야기를 하느라 정신이 없었다. 학교 들어가면 일등을 할 거라고 벼르고 있었다. 수선은 재호의 이야기에 피로가 풀리는 듯 표정이 밝아졌다. 혼자는 어떻게든 살 수 있는데 아이가 있으니 상황이 달랐다. 궁리 끝에 세 든 집을 정리하고 미용실에 딸린 창고를 방으로 개조하기로 마음을 먹었다. 한동안 보이지 않던 정국이 들어와서 말했다.

"파리 날리네."

수선은 창고를 방으로 개조하는 일을 어렵게 꺼냈다. 정국은 만면에 웃음을 띠고 자신 있게 말했다.

"이래 봬도 우리 아버지가 건축업자다. 내가 멋지게 고쳐 줄게. 창고만 치워 놓아라."

정국은 한껏 들떠 설계도를 그려 수선에게 보여주더니 자재를 미리 갖다 놓기 시작했다. 자재비는 전세금 돌려받으면 한꺼번에 계산하기로 했다. 사실 요즘은 월세만 높지 전세금은 얼마 되지 않았다. 정국이 알아서 할 테니 신경 쓰지 말라는 말을 했지만 수선은 들은 척도 안 했다. 수선은 정국에게 미용실 열쇠를 주고 재호랑 같이 엄마표 김밥을 말고 라볶이도 만들었다. 재호가 웃을 때 수선도 웃었다.

오후 늦게 다 했다고 정국에게 전화가 왔다. 수선은 재호에게 집

이야기를 하며 미용실에서 살게 되었다고 가보자고 말했다. 미용실에 들어서자 정국은 수선에게 내일 도배와 장판만 하면 된다고 싱글벙글하다가 뒤따라온 재호를 보고 깜짝 놀랐다.

"누구냐?"

수선은 얼른 대답했다.

"아들."

"너, 몇 살이냐?"

"여덟 살요."

"네 엄마 맞냐?"

재호가 고민하는 표정으로 수선을 쳐다봤다. 수선은 재호의 손에 힘을 주었다. 정국이 둘을 번갈아 보더니 장갑을 벗어 던졌다.

이사할 때 수선은 한무의 짐에서 책만 버리고 다시 박스에 넣어 별표를 그리고 테이프를 붙였다. 벽에 걸린 조팝나무 리스는 버렸다. 이미 꽃과 잎은 흔적도 없고 줄기만 앙상하게 걸려 있었다. 한무가 어디서 꺾어 왔는지 꽃을 피운 조팝나무 가지를 둥글게 말아 리스를 만들어 왔다. 다섯 개의 하얀 꽃잎이 별처럼 빛났다. 튀긴 좁쌀을 붙여놓은 것처럼 보여 이름이 붙었다지만, 별나무 같다고 수선이 말했다. 한무는 자기가 제일 좋아하는 나무로 약용도 되고, 향기도 좋고, 무엇보다 보면 마음이 밝아진다고 했다. 수선을 닮았다는 말을 듣고 수선은 얼굴이 붉어졌다.

그날 밤 수선에게 그 향기가 났다. 수선은 틀어 올린 긴 머리를 풀고 조팝나무 리스 같은 작은 화관을 썼다. 하늘거리는 웨딩드레스도 입었다. 푸른 잔디를 맨발로 걸으면서 초원에서 한무와 결혼식을 했다. 수선은 한무가 이가 드러나도록 입을 크게 벌려 웃는 모습을 처음 봤다. 수선은 풍선처럼 몸이 솟구쳤다. 그 향기는 오래갔다.

정국이 무슨 맘을 먹었는지 이삿짐을 가게 안에 들일 때 나타났다. 그는 재호를 흘깃 보면서 짐을 날랐다. 수선이 잠깐 안 보이자 그 틈에 정국은 재호 곁에 바짝 다가갔다.

"네 아버지 이름 뭐냐?"

재호는 정국이 싫은지 퉁명하게 한무의 이름을 댔다. 그의 표정이 굳어지면서 무섭게 말했다.

"네 엄마 맞냐고."

재호는 고개를 가로저었다. 정국이 이삿날은 자장면을 먹어야 한다며 시켰다. 겁먹은 표정을 한 재호에게도 다정하게 말을 걸고 머리도 쓰다듬었다. 똑똑하게 생겼다느니 공부 잘하겠다느니 너스레를 떨었다. 재호가 숨도 안 쉬고 먹기만 하자 이제 가겟세만 신경 쓰면 되니 마음이 가볍다고 수선은 정국에게 고마움을 표시했다.

일찍 열고 늦게까지 불을 켜 놓아도 손님이 없기는 마찬가지였다. 사거리에 남성 미용실이 생긴 탓도 있지만, 재호가 있으면서 남자 손님들이 눈에 띄게 줄었다. 게다가 정국까지 걸핏하면 드나드니 더한 것 같았다. 수선은 한사코 수리비를 받지 않는 그를 박대하지도 못했다. 사실 줄 돈도 없었다. 학교에 들고 갈 가방을 사러 마트에 갔을 때 눈치를 보는 재호에게 수선은 아줌마 돈 많다고 걱정하지 말라고 했다. 준비물을 다 사고 옷 두 벌과 운동화까지 사고 나니 돈이 꽤 나갔다. 게다가 샴푸대를 바꾸고 의자를 교체하고 차 종류도 여러 가지로 갖다 놓아서 더 지출이 많았다.

낮에 대학생쯤 되는 남자는 아이돌 이름을 대면서 투블럭컷을 해달라고 했다. 다 자르고 났더니 귀두컷이 되어 바보처럼 보인다고 계속 투덜거렸다. 옆과 뒷머리를 그냥 기계로 쳐올리면 머리 모양이 자칫 거북이 머리 모양이 되지만 이마 선에 맞춰 일정한 길이로 가위로 커팅했다. 앞머리를 파마하면 더 멋지다고 해도 짜증을 냈다. 손님이 새 머리 스타일이 맘에 안 들어 하는 일은 아주 가끔 있는 일이었다. 수선은 미용실을 내놓고 다른 일자리를 찾아볼까 하는 생각까지 들어 정보지를 보고 있었다. 야간 근무를 마친 정국이 들어왔다.

"우리 엄마 때문에 미치겠다. 내 좀 도와주면 안 되겠나?"

"무슨 일인데?"

"선보라는데, 여자 있다고 말했거든. 같이 한 번만 가주면 안 되겠나?"

난처한 표정으로 사정에 가까운 투로 말했다.

"선보고 장가가면 되지."

"몰라서 그렇게 말하나?"

정국은 화를 냈다. 도움을 많이 받은 처지지만, 아닌 건 아니었다.

"그래도 그건 아니다."

정국은 수선이 자신의 아파트에 들어와 살기를 원했다. 넓은 빈방이 있는데 좁은 데서 고생한다고 핀잔을 주었다. 벽에 박스 짐을 그대로 쌓아 두어서 그런지 가겟방은 원룸보다 작았다. 수선은 어둡고 좁은 방에서 번듯한 책상도 없이 공부하는 재호에게 미안한 생각이 들었다. 하지만 정국이 간섭하며 말을 붙이면 재호가 싫어했다. 그가 들어오면 언제나 밖으로 나가 버렸다. 재호가 나간 지 제법 시간이 간 것 같아 불안한 마음에 밖을 자꾸 쳐다보았다.

"달리 갈 데도 없고 아는 사람도 없으니 학원 친구들이랑 놀다 오겠지."

"네가 있어서 안 온다."

농담처럼 말하며 정국을 쫓아내다시피 해서 보냈다. 정리를 다 해도 재호가 오지 않았다. 학원 친구들 집에 전화해도 모두 오늘은 놀지 않았다고 했다. 방에 들어가 보니 쪽지가 있었다.

'아저씨가 아줌마하고 결혼하고 싶어 하는데 제가 방해되는 것 같아요. 따라와서 너무 미안해요. 우리 엄마를 찾든지 시설로 가면 되니까 제 걱정은 마세요.'

수선은 방에서도 가게에서 하는 말이 다 들린다는 생각을 못 했다. 또다시 긴 밤이 시작되었다.

수선은 가게 문을 닫지 않고 밤새 기다렸다. 아무리 생각해도 돈도 없을 텐데, 어디로 갔는지 알 수가 없었다. 재호는 엄마의 이름도 몰랐다. 수선은 다시 이조리에 갔다. 집 안은 처음 왔을 때 그대로였다. 재호의 외가를 수소문해 보았지만 아는 사람이 없었다. 재호의 할머니 김천댁은 한무를 낳자마자 집안사람들의 강요로 손이 끊긴 큰댁으로 한무를 보냈다. 거기서 한무는 귀하게 자랐다. 한무는 늦게 이 사실을 알고 방황해서 대학 입시에 실패하고 군대에 갔다. 재호가 틀림없이 그의 아들이라면 나이로 봐서 한무가 재호 엄마를 만난 게 그 당시가 될 것이다. 그러면 재호가 친엄마를 찾을 수 없을 것 같았다.

수선은 전에 한무가 군대를 갔다 와서 대학을 가고 취직을 했다고 한 말이 떠올랐다. 김천댁은 자신이 낳은 한무를 남의 손에 자라게 해 한무가 저리되었나 싶어 죄인처럼 바깥출입을 하지 않고 조용히 살았다. 재호가 오자 한무를 보는 양 재호를 보듬고 있었다. 아들 앞길을 망칠까 봐 혼자 키우다가 임종 직전에 기별했으나 한무는 오지 않았다. 그는 어머니가 돌아가신 사실을 알고 방황했다. 평생 어머니라고 불러 본 적이 없었다. 그의 얼굴에 드리운 어두운 그림자는 어머니였다. 재호의 존재를 알고 난 뒤 두 달 동안의 행적을 알 수가 없었다. 그가 재호를 아들로 받아들이고 집으로 돌아왔을 때는 몸은 이미 쇠약해지고 약은 먹지 않아서 폐결핵이 깊었다.

수선은 발등이 아프도록 무섭게 쏟아지는 비를 맞고 이조리에서 돌아왔다. 그가 아들 이야기를 못 한 것이 아니라 몰랐다는 것을 알게 되었다. 그를 그만 보내주어야 한다고 생각했다. 정국은 마치 때를 만난 사람처럼 결혼 문제를 밀어붙였다.

"어제 손님 중에 할머니 비슷한 아줌마 둘이 와서 파마하고 간 사람들 기억하냐?"

"있긴 있었는데⋯⋯."

이 동네 사람도 아닌 것 같은데 파마 손님이 둘이나 돼서 이상하다는 생각이 들었었다. 손님도 없는데 재수 좋은 날인 것 같다고 혼자모처럼 흐뭇하게 웃었다.

"우리 엄마와 이모야."

여자 있다는 말을 믿지 않아 멀리서 보기만 한다고 해서 미용실로 보냈다고 했다. 동생들을 공부시켜야 하기에 몇 년 후에 결혼해야 한다며 거짓말로 시간을 벌어 보려고 한 일이라고, 정국은 화내지 말라고 수선을 달래듯이 말했다.

"재호를 못 찾아서 정신없는데 왜 쓸데없는 짓을 하냐?"

수선은 우롱당한 기분이 들어 신경질을 냈다.

"왜 네가 데리고 살아야 해. 피도 살도 안 섞인 남의 자식을. 엄마 찾아간다는데 왜 그래?"

"엄마도 아빠도 없다고! 돈도 없는데 어디로 갔는지……."

"내가 이사하는 날 용돈 하라고 이만 원 줬다. 걱정하지 마라. 똑똑하던데."

수선은 정국이 한무를 내쫓은 일이 생각나서 닥치는 대로 물건을 집어 던지며 소리쳤다.

"네가 뭔데, 나를 자꾸 괴롭히냐!"

정국은 기가 막힌 표정으로 말을 더듬거리더니 가 버렸다.

다음 날 수선은 고민 끝에 정국한테 전화했다. 그의 도움 없이는 모든 게 어려울 것 같았다. 한달음에 뛰어온 정국에게 간곡하게 말했다.

"재호를 찾아 아들로 받아주면 결혼할게. 한무처럼 살게 하고 싶지 않아."

정국은 어이없는 표정을 지으며 가소롭다는 듯이 웃었다.

"미쳤어? 허 참, 내가 왜? 나중에 후회하지 마."

"내가 원하는 대로 해보고 후회하는 편이 나을 것 같아."

"어디 네 맘대로 해 봐. 그런 남자 찾아 잘해 보셔."

문에 달린 종이 떨어질 듯한 소리가 났다. 문이 거세게 돌아 서서히 제자리에 왔다. 후회할 수도 있겠지. 수선은 혼잣말로 중얼거렸다. 다른 미용실에 손님을 빼앗기지 않기 위해서는 주인이 직접 꼼꼼하게 잘해 주는 것밖에 없다는 생각에 일에 집중하려고 애를 썼다. 매직을 근 세 시간 당기고 나니 팔이 후들거렸다. 차츰 다리마저 후들거렸다.

일을 마치고 수선은 쉬고 싶었지만 재호를 빨리 찾아야 한다는 생각으로 다시 시골집에 갔다. 재호가 마루에 걸터앉아 있었다. 수선은 너무 반가워 재호의 이름을 크게 불렀다. 재호가 뛰어오다가 멈칫섰다. 수선은 빠르게 말했다.

"며칠 전에 오니 없던데······."

"산소 갔다 내려올 때 아줌마 뒷모습을 봤어요."

"근데 왜 부르지도 않고 오지도 않았어? 학교 가서 일등 안 해?"

"엄마도 아닌데 너무 힘들게 하는 것 같아서요. 아저씨와 결혼하세요."

재호는 눈물을 글썽이더니 고개를 돌려 버렸다.

"괜찮아. 헤어졌어."

둘은 나란히 마루에 앉아 말이 없었다. 넘어가는 저녁 햇살은 서향이라 추워 보이던 이 집만 비추듯이 남은 온기를 다 보내고 있었다. 마룻바닥이 온돌처럼 따뜻했다. 맘이 푸근해져 수선은 살며시 재호를 안았다.

"할머니의 무덤 밑에 아빠를 화장해서 묻었는데 워낙 양지바른 곳이라 벌써 꽃이 피려고 해요. 가 볼래요?"

이제는 가도 될 것 같았다. 그녀는 일어섰다.

"그래, 같이 가자."

한무에 대한 그리움이 그의 뼛조각이라도 찾아 삼킬 듯이 밀려왔다. 그 사람을 확인할 수 있는 건 아무것도 없다. 수선은 그가 묻힌 자리에서 한참 동안 일어서질 못했다. 코 밑으로 익숙한 향기가 희미하게 들어왔다. 재호가 꽃이 맺힌 조팝나무 가지를 꺾어 수선에게 내밀었다. 아직 피기는 이른데 찹쌀 알처럼 꽃망울이 붙어 있었다. 작은 별꽃들이 수선의 가슴으로 들어와 피어났다. 수선은 재호의 손을 잡고 버스 정류장으로 향했다.

조금 아는 사람

*

나는 스토커는 아니다. 내 친구인 바다의 행위에 동조하는 들러리에 가깝다. 바다가 스토커일지도 모르겠다. 내가 보기엔 바다가 그 남자를 사랑하는 것도 아닌 것 같은데. 인도로 여행을 갈 거라고 하더니 갑자기 어떤 남자한테 꽂힌 것 같다. 퀵 사무실 일로 바쁜 나에게 바다 자신의 모든 이야기를 해줘야만 내가 그녀를 도와줄 수 있다고 말했다.

그 남자는 법학원에서 1시 40분에 수업을 마쳤다. 그 시간쯤에 주차한 곳으로 올 것이다. 학원 건물에는 지프를 댈 수 없어 근처 대형 마트나 볼링장 주차장을 이용한다고 했다. 그녀가 미리 차를 확인하고 왔기 때문에 그곳에서 기다렸다. 시간이 지났는데도 나타나지 않아 지루해지기 시작했다. 차라리 다른 사람 찾아보는 게 낫지 않을까 하며 투덜거렸다. 짜증이 났지만 그녀의 부탁을 들어주기로 했다. 그가 어떤 남자인지 궁금했다. 나는 보도를 왔다 갔다 하며 마음을 진정시키려고 애를 썼다.

바다는 입시학원에서 국어를 가르쳤다. 과목별로 강사가 몇 명 있지만 다들 가정이 있어 바빴다. 경리와 상담을 하는 싱글맘 은영과 제일 친했다. 바다보다 대여섯 살 아래로 삼십 대 후반에 혼자 두 아이를 키우며 살았다. 은영은 아이들 교육비도 힘들다면서 야간대 부동산학과를 다니고 있었다. 은영이 같이 공부하는 사람들과 골프 치는 것이 눈에 거슬렸다며 바다가 자주 말했다. 은영은 키만 큰 게 아니라 전체적으로 얼굴과 체격이 다 크고 성격도 시원시원하다. 학원에서 일어나는 자질구레한 문제들을 혼자 해결했다. 모두가 부원장이라고 부를 만큼 원장의 신임이 두터웠다. 둘은 따로 만나 회계를 하는지 원장을 본 적이 별로 없다고 바다는 말했다.

은영의 애인 광우가 한 번씩 들락거리며 같이 어울리기도 했다. 일을 마치고 셋이서 늦은 저녁을 먹으러 갔다. 두 사람은 미리 약속되었는지 그날따라 은영은 미니스커트에 목이 많이 파인, 하늘거리는 쉬폰 블라우스로 여성스러움을 잔뜩 풍겼다. 앙증맞은 하트 귀걸이며 안 하던 목걸이까지 세트로 한껏 멋을 부렸다. 긴 생머리를 포니 스타일로 묶은 것만 여전했다. 그 자리에서 광우는 바다에게 멋진 싱글을 소개해 주겠다고 수선을 떨었다. 말 나온 김에 데리고 오라고 두 여자가 떼를 썼다. 건설 현장에서 아르바이트하는 광우가 계산을 했다. 그게 미안했는지 바다가 노래방에 가자고 했다. 노래방에서도 광우가 연신 전화를 해댔다.

막 헤어지려는 찰나에, 늦은 시간인데 그 남자가 독촉 때문인지 합석을 했다. 네 명이 노래를 부르다가 어느새 은영과 광우가 빠졌다. 흘러간 대학가요제 노래로 분위기가 무르익었다. 좋아하는 노래 성향도 비슷했다. 남자의 목소리는 크고 울리면서 매력적인 바이브레이션이 있었다. 감색 양복을 깔끔하게 입은 점잖고 매너 좋은 남자는 직업이 공무원이었다. 나이가 있어서인지 중후한 멋을 풍기고 카리스마가 있는 스타일이었다. 광우가 사전 정보를 주고 자랑을 많이 한 탓인지 낯설지 않았다. 편안한 생각이 들었는지 바다와 남자는 서로의 허리에 팔을 두른 채 노래를 불렀다. 시간이 늦은 것을 알고 나오면서 뜨겁게 첫 키스를 했다. 소시지를 넣은 크림빵처럼 생크림의 부드러움 속에서 생경한 힘을 느꼈다. 초콜릿이 녹아 흐른 듯, 빨려 들어가는 듯, 몽롱한 느낌이었다. 바다는 한 번에 그렇게 무장해제된 적이 없었다. 이럴 수 있다는 게 신기할 정도였다. 집에 바래다주면서 남자는 5년 전 아내를 보내고 지금 인연이 우연이 아닌 것 같다고 말했다. 다음 날 바다는 남자의 전화를 받았고, 그렇게 그 남자를 알게 되었다고 말했다.

주말에 연락이 안 되더니 월요일 아침에 남자가 바다에게 경주로 벚꽃 구경을 하러 가자고 했다. 바다의 수업은 오후 늦게 시작했다. 남자는 회의가 끝나고 치과에 들렀다가 점심때 지나서 갈 수 있다고 했다. 그는 잠바를 입고 왔는데 나이가 더 들어 보였다. 서로가 밤에 처음 만난 날과 다르게 느껴져서인지 약간 어색하고 서먹했다. 경주로 가는 길에는 온통 벚꽃이 눈발처럼 봄바람에 하늘거렸다. 바다는 옆 사람을 잊은 채 환한 미소를 띠었다. 온 거리가 꽃등으로 밝아 마음이 솜털같이 날아갈 듯했다. 계속 떠드는 바다에게 남자는 얼굴 한쪽을 실룩거리며 미소를 지었다. 마취가 풀리지 않은 모양이었다.

나른한 봄날 오후, 찻집 창밖에는 아담하게 손질된 소나무 옆에 목련이 꽃봉오리를 소리 없이 터트리고 있었다. 목련을 보고 바다는 아이일 때 집 화단에 만든 크리스마스트리에 올린 솜뭉치 같다고 말했다. 바다는 좀 맹숭한 분위기를 바꾸려고 주로 말하고 남자는 말수가 적은지 듣는 편이었다. 얼굴이 굳어 있는 그에게 하회탈 같은 표정을 넣어 주고 싶었다. 해마다 목련차를 만들어 지인들에게 나눠 주는 바다의 이야기에 꽃이 여자의 일생과 닮았다고 남자가 말했다. 바다는 이 짧은 말을 듣기 위해 얼마나 많은 말을 했는지 모른다. 자신의 이야기를 많이 털어놓는 사람이 상대에게 더 마음이 다가가는 것 같다.

방 안에서 본 보문호수에는 분수가 춤을 추고 있었다. 해가 서쪽으로 기울자 마지막 햇살은 온 힘을 다해 물줄기에 비췄다. 찬란한 빛줄기는 포물선을 그으며 너울거렸다. 바다는 이 광경을 잊지 못하겠다고 감탄을 했다. 이내 눈앞의 배경은 그 남자가 되었다. 땀이 범벅이 된 그들은 허기를 근사한 저녁으로 채웠다. 바다는 모처럼 행복감에 젖었다.

"무척 망설인 일인데 잘한 것 같아."

남자의 말에 바다는 살짝 웃었다. 하지만 바다는 속 입술을 깨물며 자신이 후회하지 않기를 빌었다.

남자가 연수를 가는데 장소가 태안반도에 있는 리조트였다. 거리가 멀어서 주말을 낀 일정으로 동행을 제안했다. 바다는 고민 끝에 학원에는 보강 날짜를 잡고 같이 가기로 약속했다. 남자를 잘 알 기회라고 생각했기 때문이다. 금요일 수업이 끝나고 늦은 시각에 출발했다. 여행용 가방을 차에 싣고 둘이서 시내를 벗어날 때 휘파람이라도 불 듯이 산뜻한 기분이었다. 남자의 가볍고 여유 있는 표정을 보고 바다도 마음이 들떴다. 마치 신혼여행이라도 가는 것 같은 느낌이었다. 그런데 20년이 다 된 낡은 지프는 고속도로인데도 심하게 덜커덩거렸다. 더워서 창문을 열면 차 소음에 말소리가 들리지 않았다. 문을 열었다 닫았다 하며 긴 밤을 이야기로 이어 갔다.

연수 일정을 자세히 모르고 있었는데 혼자서 지내야 하는 시간이 많았다. 바다는 일정을 잘 모르고 남자를 따라나섰다는 생각이 들었다. 남자가 전에 다 말했다며 덧붙이는 말이 바다는 전혀 모르는 사실들이었다.

"다른 사람에게 말한 거 아닌가요?"

냉담한 표정으로 그녀는 자신 외에 다른 사람은 정리하면 좋겠다고 말했다. 남자는 대답하지 않았다. 바다는 아리송한 부분들이 자꾸 보이자 불안감을 느끼면서도 과묵한 그에게 따지고 짜증 내기는 싫었다. 그냥 자신의 판단을 믿어보기로 마음먹었다. 정말 같이할 사람이 아니면 좋게 헤어지자고 자신을 달랬다. 서로의 가족사와 지내온 세월을 이야기하며 불 꺼진 도시를 지나 텅 빈 고속도로를 달렸다. 하늘에 있는 남자의 아내는 근방에서 소문 난 미인으로, 밤에 업고 야반도주해서 결혼을 했다고 했다. 바다는 이 길이 끝없이 이어졌으면 좋겠다고 생각했다. 근 50년, 그의 인생을 다 알고 싶었다.

옥천을 지날 때쯤 차에서 연기가 피어오르기 시작했다. 마치 살아 있는 것처럼 요동을 쳤다. 하얀 연기는 앞이 보이지 않을 만큼 펑펑 나오고 있었다. 어릴 때 골목마다 따라다니던 소독차 같았다. 아이들의 함성은 없고 메케한 냄새까지 풍기며 연기는 새벽 공기를 적셨다. 바다는 차가 폭발할 것 같은 생각에 속상했다. 남자는 이런 상황에서도 걱정스러운 표정이나 미안한 구석도 없이 말이 없었다. 차를 천천히 달래가면서 옥천 시내로 들어가 차를 고칠 수 있는 곳을 찾았다. 새벽 2시가 넘은 시각에 문을 연 곳은 없었다. 일단 숙소를 정하고 아침에 차를 고쳐 다시 출발하기로 했다.

　남자가 자다가 추운지 긴 옷을 꺼내 입었다. 자신보다 십 년이나 더 다녔을 검은 살결에 마르고 납작한 그의 발을 보니 마음이 짠했다. 바다는 희고 통통한 자신의 발로 가려주고 싶었다. 남자가 다리를 자기 몸 위에 걸쳐도 밤새 애쓴 그가 안쓰러워 깰까 봐 숨을 죽였다. 남자가 갑자기 다리를 들어 올리면서 말했다.

　"이러면 잠 못 잔다고 했지?"

　"난 그런 말 한 적 없는데……."

　한순간에 무너질 듯이 기운이 빠져나가는 허탈감이 밀려왔다. 화장실 문을 탁 닫고 들어가 한숨을 길게 내쉬었다. 창밖은 어슴푸레하게 새벽이 오고 있었다. 바다는 날이 밝으면 돌아갈 것이라고 말했다. 소름이 돋고 몸이 떨리는 것이 꼭 한기 탓만은 아닌 것 같았다. 남자가 다시 안아주어도 그녀의 몸과 마음은 데워지지 않았다. 전날 종달새처럼 종알거리던 것도 멈춰버렸다. 은근히 짜증이 묻어나는 목소리로 역까지 태워 달라고 말했다. 차는 골골거리고 내비게이션도 됐다 안 됐다, 낡고 진이 다 빠진 고물 같았다. 이 남자도 고물이 아닌가 하는 생각에 새삼 바다는 자신이 한심했다. 차 시간이 맞지 않아 역에서 바로 나오자 급하게 전화를 끊는 남자의 당황한 모습을 보았다. 그녀는 들판에 홀로 서 있는 사람처럼 외로웠다. 결국 혼자 KTX를 타고 집으로 돌아왔다. 둘 사이는 끝난 줄 알았다.

바다는 남자가 뇌물수수 혐의로 직장을 그만둘 때 그의 곁에 있고 싶었다고 했다. 남자는 업무 시간이 끝난 늦은 밤에도 일을 완벽하게 마무리해야 퇴근을 했으며 모든 일에 자존심을 걸었다. 겉으로는 동료나 상사, 친구들이 그를 존경하는 것처럼 말했다. 하지만 모두 흠집을 못 내어 난리들이었다. 뇌물수수 혐의는 벗겨졌지만 남자는 직장으로 돌아가지 않았다. 자신이 청춘을 바쳐 한 일이 물거품처럼 사라지고, 돌아오는 것은 비난과 의심의 눈초리뿐이었다. 뇌물의 기준도 모호하여 흔히 통용되는 일반적인 일이, 공무원이기 때문에 징벌의 대상이 되었다. 그것은 공무원을 또 다른 피해자로 만드는 역차별이라고 흥분을 하며 바다는 남자의 편을 들었다. 명예로운 정년퇴직도 아니고 아무런 형식이나 준비 없이 말만 '언제 식사 한번 합시다.' 하고 퇴임식이 끝났다고 했다.

바다는 정말 남자를 위해 무언가를 해주고 싶었다. 그에게 위로가 되고 싶어 초등학생처럼 표창장을 만들어 주었다. 누군가 그의 노력과 헌신을 알아주는 사람이 있다는 것을 알리고 싶었다. 맨 아래에 주는 이는 '조금 아는 사람'이라고 적었다. 그 남자를 잘 안다고 자신 있게 말할 수 없어 바다는 마음이 아팠다고. 때로는 유치한 것이 가장 진솔할 때가 있다.

바다가 일러준 용모의 남자가 2시 30분이 되어서야 모습을 드러냈다. 나타났다는 내 문자에 '아마 점심을 먹고 왔나 보다. 점심때 지났는데…….' 라고 답이 왔다. 며칠 전에 마치는 시간이 어중간해서 고민이라고 했다나. '미래야 미안해' 라는 문자까지 달았다. 그 남자가 시야에서 점점 가까워지자 나는 얼른 밑동이 굵은 나무 뒤로 숨어버렸다. 남자는 큰 키에 대머리를 가리는 야구 모자를 쓰고 차 쪽으로 오고 있었다. 큰 발에 신은 구두 때문에 넓은 길인데도 저벅저벅 소리가 났다. 야구모자에 구두는 어울리지 않아 보였다. 남자는 쉰이라는 말이 믿기지 않을 정도로 뱃살도 없이 꼿꼿하게 걸어왔다. 얼핏 보니 마치 경호원처럼 굳은 표정에 약간 차가운 기가 도는 얼굴이었다. 오가는 사람들에 섞여 남자를 한번 흘깃 보고 바다가 있는 쪽으로 걸어갔다. 긴장한 탓으로 다리에 쥐가 난 듯 걸음이 안 걸어졌다. 자꾸만 자석이 발을 땅속으로 잡아당기는 느낌이었다. 심장이 펄떡거리고 열까지 올라와 손부채를 치며 걸었다. 그가 알아챌까 봐 두려움마저 느꼈다.

남자의 차, 앞 유리에 경고장이 붙어 있었다. 볼링장 주차장에 아침부터 늦게까지 주차를 해서 주인이 붙인 모양이었다. 그가 오기 전에 차를 확인하고 우리는 그 내용을 읽어보았다. 바다는 그가 분명히 한 손으로 떼서 읽고 그대로 버릴 것이라고 말했다. 정말 그는 경고장을 쑥 떼서 읽고는 한 손안에서 워그적 뭉쳐서 버렸다. 마치 로봇처럼, 그녀가 말하는 대로 했다. 그리곤 10분 정도 지체하더니 시동을 걸고 갔다. 우리가 숨은 곳에서는 그가 무얼 하는지 보이지 않았다. 바다는 내 뒤에서 숨을 죽이고 있었다. 귀 뒤로 더운 입김이 숨 가쁘게 내 목덜미를 데웠다. 뒤쫓기로 마음을 먹었는지 그녀는 바빠지기 시작했다. 흥분된 목소리로 자기 차를 알고 있으니 택시를 타자고 말했다. 둘 다 택시 잡는 데에 신경을 쓰는 바람에 어이없게도 그를 놓쳐 버렸다.

두근거리게 하는 똑같은 모양의 지프차는 여기저기 많이 보였지만 그 번호는 안 보였다. 이왕 택시를 탄 김에 그의 아파트로 갔다. 어디에도 차는 없었다. 김이 빠진 우리는 카페에 들어가 그냥 멍하니 한참 동안 있었다. 그녀가 입을 열기를 기다리며 낯빛을 살폈다. 자기가 원하는 대로 해주었으면 하는 눈치였다. 그가 자신을 잘 드러내지 않아 미행하게 되었다고, 그녀는 시간을 두고 지켜봐야 할지 그만두어야 할지를 고민하고 있다고 했다.

다음 날 아침에 바다와 대형 마트에서 만났을 때 근처 공원에 차가 있었다. 전날 일로 볼링장에 주차를 못 했던 것이다. 우리는 차를 확인하고, 시간을 죽이기 위해 미용실에 가서 차례로 숏커트를 쳤다. 날씨도 더워지고 우울한 기분이 들자 어떤 변화를 머리에서 먼저 주고 싶었다. 미용실 원장은 우리가 쌍둥이인 줄 알았다고 우스갯소리를 했다. 같은 동네에서 태어나 학교 다닐 때도 그런 소리를 많이 들었다. 지금도 바다는 수업 들어가기 전에 우리 사무실에서 같이 점심

을 먹고 학원으로 가기도 했다. 게다가 비슷한 보통 키에 컷도 단발
도 아닌 어정쩡한 헤어스타일에 편한 바지 차림이다. 어딘지 모르게
중고 냄새가 나는 마흔 된 아줌마의 모습이었다. 다른 점이 있다면
아가씨인 바다는 검은 테 안경을 끼고 청바지에 검은 티를 입고 있었
다. 학원이 마칠 시간, 정확하게 1시 40분인데 차가 사라졌다. 미용
실에서 미적거리지 말고 더 일찍 왔더라면 하는 마음이 들었다. 그녀
는 멍한 표정에 어깨가 처져 보였다.

미행한 지 삼 일째다. 날씨가 더워지자 귀찮기도 하고 흥미도 잃
어 생각이 오락가락했다. 망설이다 친구를 생각해서 할 수 없이 갔
다. 이왕 할 거면 오늘은 일찍 도착해서 차를 끝까지 지켜볼 요량이
었다. 그런데 근처를 다 뒤졌지만 찾지 못했다. 그녀는 난감한 표정
을 지었다.

"혹시 눈치챈 거 아닐까?"

"글쎄, 왜 행동반경이 달라지는지 모르겠네."

그녀는 입술이 타는지 침을 바르며 건조한 목소리로 약간 혀가 꼬
인 듯 말했다. 차를 찾지 못하자 우리는 다시 이 일에 흥미를 느끼고
긴장을 즐기는 것 같았다. 남자가 학원을 결석할 위인은 아니라고 했
다. 이십 년 넘게 12시에 길들어진 배꼽시계만큼 정확하고 성실한 사
람인 것 같았다. 우리는 서서히 안달이 나기 시작했다. 마치려면 한

시간이나 남았으니 샅샅이 뒤져 차를 찾기로 했다. 나는 직업 근성도 있고 아줌마라는 포스가 살아 있다고 큰소리쳤다. 마트를 중심으로 나는 오른쪽, 바다는 왼쪽으로 돌았다. 삼 일밖에 안 되었는데 포기하기는 빠른 것 같았다.

결국 그 남자의 차를 조금 떨어진 주유소 근처에서 발견했다. 진하게 선팅이 된 사무실 차를 탔기 때문에 바로 뒤에 주차해서 지켜보기로 했다. 근데 시간이 다 가도록 남자는 나타나지 않았다. 배가 고픈지 멀미가 나는 것처럼 속이 울렁거렸다. 내가 문자를 해보라고 자꾸 보챘다. '점심때 삼계탕 드실래요?' 라는 문자에 답이 없었다. 그녀는 흥분하지도 속상해하지도 않았다. 포기하는지 미안한 듯 그냥 가자고 했다. 바보 같은 짓은 그만하라고 짜증을 냈다. 바다는 생일 선물로 받은 아주 가늘고 조잡한 느낌마저 드는 목걸이와 귀걸이를 만지작거리며 그 남자를 잘 모르겠다고 했다. 내가 의심스러운 사람을 만날 필요가 있냐고 했더니 바다는 어떤 사람인지 실체를 알아야 판단을 내릴 수 있다고, 한 사람을 온전히 이해하기는 어렵지만 섣불리 사람을 함부로 규정 짓을 수는 없다고 했다.

밤늦게 남자의 전화가 왔다. 어젯밤에 전화를 받지 않아 화가 난 줄 알았다며 다음 주 월요일에 보자고 말하더니 슬그머니 끊었다. 밤늦게 신호음과 함께 배터리 꺼지는 소리가 났지만 통화 기록에도 없어서 남자의 전화인 줄 몰랐다. 그는 바다가 화를 내면 다독거려 주기보다는 화가 풀릴 때까지 가만히 내버려 뒀다. 또 주말은 건너뛰고 말았지만, 바다는 바나나 셰이크를 만들 때마다 남자가 생각났다. 처음 바다의 집에 과일 바구니를 들고 왔을 때 이런 로맨틱한 사람이 다 있구나, 하는 생각을 했다. 달콤한 바나나 밀크셰이크를 받아 든 남자는 아이처럼 밝게 웃으며 좋아했다. 한참을 고민하더니 바다는 미행을 그만하자고 했다. 내가 보기에는 그녀가 더 남자를 사랑하는 것 같았다. 어쩜 지금의 환상에서 벗어나고 싶지 않을지도 모른다.

바다는 늦은 점심을 먹기 위해 남자를 기다렸다. 전에 그가 좋아하는 민물 매운탕을 같이 먹은 곳으로 가자고 했다. 그런데 그 집이 아니고 반대편으로 들어갔다. 간판이 없는 일반 가정집인데 주문하면 그때부터 음식을 만들었다. 그동안에 고스톱을 친다고 했다. 옆방에서는 여자들의 웃음소리와 함께 벌써 한판이 벌어지고 있었다. 주인 여자가 반기며 말했다. 그동안 왜 통 보이질 않았는지 묻자 남자는 그냥 웃기만 했다. 바다는 황당함을 감추지 못하고 여기도 단골인지를 묻자 남자는 가끔 친구들과 왔다며 바다의 생각을 물어보지 않고 민물 매운탕을 먹고는 바로 시내로 향했다. 직장을 그만두는 날에도 같이 저녁을 먹고 자신은 볼일이 있다고 해서 바다는 서운했다. 현금을 인출하면서 고스톱을 치러 갈 건데, 같이 가도 된다고 했다. 노름까지 하는 남자였는지 누가 상상이나 했을까? 바다는 자기와 생활 사이클이나 문화가 달라서 어리둥절했다고.

나는 그래도 포기하지 않는 바다를 보고 그 남자를 연구하는 건지, 바다도 그 남자만큼이나 애매하다고 생각했다. 어쩜 남자는 바다가 스스로 포기하기를 바라는 것은 아닐까. 그러나 바다의 성격으로는 포기할 것 같지 않았다. 바다는 자신의 선택과 믿음에 지나친 신뢰를 하고, 나중에 끝까지 가서 더 아무것도 할 수 없을 때 모든 것을 놔버리는 성격이었다. 인내심이 강하다고 해야 할지 우둔하다고 해야 할지 잘 모르겠다. 막 나가는 아줌마도 아니고 세련된 골드미스도 아니고 그냥 바다 스타일이다. 혼자 성 속에 갇혀 순진하다 못해 꽉 막힌 것 같다. 그 남자도 그렇게 생각할지도 모른다.

주말마다 연락이 안 되자 남자에 대해 바다는 의구심이 들었다. 남자는 그냥 밭에도 가고 아들과 막 시집간 딸이 가끔 와서 함께 보내기도 한다고 했다. 그것이 연락을 못 받고, 못할 일은 아니라고 따질 듯이 물어도 시원한 대답을 듣지 못했다. 바다는 이 부분이 미심쩍게 생각되었으나 자신이 쿨하지 못한 여자가 될까 봐 거듭 묻지도 못한 채 답답했던 모양이다. 나는 몹시 미안해하면서 조심스레 말했다.

"혹시 누가 있는 게 아닐까?"

바다는 자존심이 상했는지 아무 말이 없었다. 친구의 남편이 그와 같은 곳에서 근무했다는 말에 좀 알아봐 달라고 했는데 싱글이라는 말은 금시초문이라고 했다. 바다로서는 더욱더 의심스러운 생각이 들 수밖에 없었다. 남자는 솔직하게 말하면 바다가 자신과 안 만날

지도 모른다는 생각이 들었는지 모르겠다. 자꾸 대답을 회피하고 바다를 달뜨게 했다. 예전에 바다는 남의 남자에게는 절대로 공들이지 않는다고 친구들에게 말한 적이 있었다. 이 특별한 인연에 모두 관심을 보이자 남자는 부담스러워하는 눈치였다. 남자는 눈을 크게 뜨고 정색을 하며 말했다.

"어떤 게 사실이든 달라지는 게 있느냐?"

바다는 사실을 알기 위해서 한 템포 늦춰야겠다고 생각했다. 바다에게는 중요한 문제였다.

"감수와 포기할 부분을 알아서 처신할 수 있잖아요."

"나랑 결혼할 거야?"

"……"

그는 적당한 마음의 거리를 유지하고 있었다. 경주 나들이 이후 남자와 바다는 깊이와 속도가 달라 보였다. 바다는 점점 남자에게 매이는 느낌이고, 남자는 그런 바다를 이용하는 것처럼 보였다. 나는 화가 나서 바다 몰래 사무실 젊은 친구에게 남자의 차를 미행하도록 시켰다. 남자는 수업을 마치고 천지 헬스 사우나로 들어갔다. 그는 연회원으로 언제나 자신을 관리하는 모양이었다. 바다에겐 버거운 상대가 아닌가 하는 생각이 들었다. 젊은 친구의 말이, 차에 장착하는 위치정보 확인 장치가 있고 휴대폰으로 위치를 공유하는 방법도 있다고 했다.

남자는 다정다감하지도 않았다. 전화 통화마저도 계산하에 했으며 자신에게 책임이 올 일은 만들지 않았다. 그러나 바다는 그의 마음에 쑥 들어가지 못하면서 서운해하지도 않았다. 반백의 세월을 이해하지 못한 자신의 불찰로 생각했다. 나는 속이 상해서 요즘은 헌신하면 헌신짝이 된다고 말했지만, 그녀는 그냥 웃고 말았다.

　"사오십 대의 새로운 사랑은 저녁놀에 들리는 희미한 피아노 소리와 같은 거래."

　바다의 진심을 알기 때문에 헤어지라고 말할 수도 없고 둘이 잘되길 바라는 마음이었다. 남자의 불분명한 태도와 찝찝한 일들이 사실로 드러나지 않는 한 바다는 포기하지 않을 것이다. 둘이 하는 미행이 실패했기 때문에 다른 방법으로 남자를 더 알아보자고 말했다. 바다는 내키지 않는 표정이었다. 확실하게 하자고 내가 거듭 말하자 바다는 마지못해 알아서 하라고 했다.

　취미로 음식 만들기를 좋아하는 바다는 자신이 허전하고 힘들 때 음식을 한 상 가득하게 차린다. 어떨 때는 나를 부르기도 하지만 요리할 때는 성가시다며 끝나면 부를 때가 많았다. 다 못 먹을 때는 포장해서 은영네 집에 갖다 줬다. 그새 광우는 놀고 있는 처지로 용돈조차도 은영한테 손을 벌리는 모양이었다. 도움이 되지 않는다고 은영이 툴툴거렸다. 은영이 먼저 그 남자의 안부를 물었다. 처음에 같이 본 사람이고 광우와 은영은 두 사람이 잘되면 자신들에게 소개비를 내야 한다고 너스레를 떨었다. 네 사람이 모여 가끔 저녁을 먹기도 했다. 어느 순간 남자가 은영에게 이상한 눈길을 보내면 은영 또한 싫지 않은 듯 미소를 보였다고 바다는 말했다. 광우가 있어서 그런지 둘 다 이렇다 할 무언가를 보여주지는 않았지만 석연치 않았다고.

하루는 바다가 은영의 집에 반찬을 갖다 주러 갔다. 은영이 자고 가라며 자꾸 붙잡는 바람에 바다는 은영의 잠옷으로 갈아입었다. 은영은 아직 탄력적이고 늘씬한 바다의 몸을 부러운 듯 아래위로 훑어보았다. 불쾌해진 바다는 잠을 자는 척하다 은영의 몸에 다리를 슬쩍 올렸다. 이러면 잠을 못 잔다고 은영이 다리를 걷어 툭 던졌다. 순간 바다는 얼음물을 끼얹은 듯이 몸이 굳어버렸다.

"성길 씨가 내가 그랬다면서 너랑 똑같은 말을 해서 깜짝 놀랐어."

순간 은영의 얼굴이 잠깐 노래졌다.

"그런 사람 많잖아요? 예전에 그 사람 아내가 한 말일 수도 있고……."

"글쎄, 연수 갔을 때도 누구와 몰래 통화하는 것 같고, 뭔가 깔끔하지 않아 먼저 왔어."

"수업 때문인 것 아니었어요?"

얼버무리는 은영을 보고 바다는 고개를 갸웃거렸다. 밤새 그 남자와 있었던 소소한 일까지 이야기를 했다. 은영의 반응을 살피기도 하고 둘이서 흉을 보기도 했다. 그런 이야기를 할수록 은영은 몹시 불편한 기색을 보이며 짜증을 냈다. 언제는 소개비를 받겠다고 적극적으로 밀더니 왜 그러냐고 바다가 말했다.

"언니 말을 들으면 별로인 것 같아. 그만 만나는 게 어떨까 싶어."

은영은 잘난 여자들이 남자와의 짧은 인연으로 흔들리는 것을 보면 어리석다는 말을 자주 했다. 바다는 자신이 흔들리고 있는 것을 은영에게 보여준 것 같아 후회하게 되었다. 사실대로 말했을 뿐 자신의 기준으로 비판하거나 싫다는 건 아니고 다만 자신과 너무 달라 적응하지 못하고 있다고 생각했다.

다음 날 남자는 마치 처음 만나는 사람처럼 데면데면하게 굴었다. 무언가 빠져나간 느낌이었다. 은영에게 한 자질구레한 말들이 남자의 행동으로 되돌아오는 것 같다는 생각이 들었다. 그래서 바다는 두 사람의 관계를 의심하면서도, 그럴 수는 없는 일이라고 애써 부정했다. 난 그건 바다의 기준이라고 말하고 싶었다.

그때 광우라는 남자에게 전화가 왔다. 느끼하게 웃는 소리가 들렸다. 할 말이 있어 은영 몰래 만나고 싶다고 했다. 무슨 일인지 궁금했다.

"헤헤, 뭐 누나랑 잘해볼 수도 있잖아요."

바다가 인상을 쓰면서 고개를 흔들었다. 실실 웃는 광우 때문에 비위가 상한 모양이었다.

"그럴 일 없어! 안 그래도 소개해 준 사람 때문에 머리 아프건 만……."

"거기 그만두시고 재미있는 사람 찾아보는 게 어때요?"

화가 난 바다는 대답도 하지 않고 끊어 버렸다. 출근해서 은영에게 광우를 만나는지를 물어보았는데 헤어진 지 좀 되었다고 담담하게 말했다. 바다는 어떻게 그렇게 쉽게 헤어지는지 이해가 안 갔다. 혹시 은영이 그 남자랑 만나서 광우가 눈치를 챈 것이 아닐까 하는 생각을 했다. 바다는 은영에게 그 남자와 만났는지 조심스레 물어보았다. 은영은 눈을 동그랗게 뜨고 웃었다.

"아니요, 언니랑 그런 사이잖아요?"

어느 날 은영이 바다에게 좀 일찍 나오라고 심란하게 전화를 했다. 바다는 서둘러 학원으로 갔다. 중간고사 시험 점수가 안 올라 학부모가 학원을 끊는다고 아침부터 난리를 친 이야기부터 했다. 그리고 생활비 걱정과 자기 등록금 이야기도 했다. 바다는 머뭇거리다가 세상에 모르는 것이 없어 보이는 은영에게 위치추적 장치에 대한 이야기를 꺼냈다. 상대 핸드폰에 하는 것은 본인의 허락이 필요하니 어려울 것 같다고, 은영은 왜 그렇게까지 해야 하는지 짜증을 냈다. 바다는 속으로 괜히 말했다는 생각이 든 모양이었다. 두 사람의 관계를 의심하면서도 자신의 기준으로 무시하는 것 같았다. 난 이왕 맘먹은 것이니 남자를 만나 핸드폰에 위치추적 앱을 설치하라고 말했다. 바다의 마음을 정리하기 위해서는 확실한 증거가 필요했다.

오후에 남자를 만난 바다는 핸드폰에 신경을 곤두세웠다. 남자는 그날따라 화장실에 갈 때도 핸드폰을 들고 갔다. 바다는 마치 남자가 자신을 꿰뚫어 보는 것 같이 핸드폰 케이스 자체를 꺼내지 않았다고 말했다. 차에서도 틈을 주지 않았다고. 나는 의심스러운 생각이 들었다.

"혹시 은영이가 그 남자에게 다 일러준 거 아닐까?"

그녀는 곰곰이 생각하는 눈치였다. 바다가 대학 동기들을 만나거나 고향 친구들과 놀 때 전화를 잘 안 하는 남자는 전화를 했다. 마치 다 알면서 어딘지 물어보는 느낌이 들었다고. 우리는 위치추적 장치를 설치도 못 했는데 그 남자에게 역추적 당한 것 같다고 내가 말했다. 바다는 이상한 느낌이 들어 차를 살펴봤지만 찾을 수 없었다고 했다. 그 남자를 알기 위한 작전은 아무래도 실패인 것 같았다.

다음 날 바다는 수다를 떨며 맛있게 밥을 먹고 있는 은영을 바라보았다. 바다는 그녀의 머릿속이 궁금했다. 불쌍하기도 하고 슬프기도 하지만, 어쩜 은영이 더 자신을 관찰하며 즐길 수도 있다는 생각이 들었다. 은영은 새로운 연애를 시작한 모양인지 온 얼굴에 꽃이 피었다.

"글쎄요. 처음에는 아닌 것 같아서 버티다가 당했어요. 그런데 그 다음은 보고 싶고, 좋아하게 된 것 같아요."

"예전부터 알던 가까이 있는 사람인가? 아니면 스톡홀름 증후군 인가?"

은영은 앞말은 무시하고 스톡홀름 증후군만 뭔지 물었다. 스톡홀름에서 무장 강도가 은행에 침입해 인질극을 6일 동안 벌였다. 인질들이 처음에는 강도가 무서웠으나 점점 범인을 옹호하는 증상을 보였고 그 현상에서 유래한 것을 말한다고 하니 '글쎄요.' 고개만 갸우뚱하고 말았다는.

은영은 바다가 전혀 눈치를 채지 못했다고 생각하는 모양이었다. 바다는 그런 은영이 능글맞아 갑자기 속에서 뭔가 치밀어 올라오는 느낌이 들었다고 했다. 은영이 배시시 웃으며 바다에게 말했다.

"언니, 임신한 것 아니죠?"

바다는 먹었던 것뿐 아니라 모든 찌꺼기가 다 올라오는 기분이었다. 잘못하다간 자신의 모든 기관을 다 토해낼 것 같았다고 했다. 그 남자가 어떤 사람이든 자신이 사랑할 만한 가치가 있었다고 생각한 것은 바다의 자존심이었다.

수업이 끝날 무렵 광우가 바다에게 꼭 할 말이 있으니 보자고 했다는데, 지난번처럼 이상한 소리를 할까 봐 바다는 나에게 같이 가자고 했다. 늦은 시간이라 그런지 동네 실내포차는 한산했다. 바다는 보이지 않았고 청년이 혼자 앉아 술잔이 넘치도록 술을 붓고 있었다. 들어가 보니 한눈에 그가 광우인지를 알아볼 수 있었다. 광우는 미친 아이처럼 실실 웃다가, 욕을 하다가, 징징거리며 우는 소리를 했다. 나는 나가려고 일어섰다. 광우가 뒤통수에다 대고 하는 말이 들렸다.

"김성길! 그 인간이 얼마나 나쁜 놈인 줄 아냐고! 나만 알아! 나만!"

광우는 가슴을 주먹으로 치며 말했다. 눈을 다 감은 채 혼잣말로 횡설수설하고 있었다.

"아무도 몰라. 여자를 갖고 흥정을 한 놈이라고. 업체에 취직을 시켜주는 조건으로 내 애인한테 손 떼라고 했다고. 순진하고 고상 떠는 누나를 갖고 논다고 내가 말해주려고 했는데……."

긴 한숨을 뱉어내며 횡격막이 올라갔다가 내려갔다. 몹시 애가 타는 모양이었다.

"바보 같은 여자는 오지도 않고……. 똑똑하면 뭐 해? 싱글 좋아하네! 흐흐흐……."

잠이 오는지 턱을 괸 손이 휘청하고 빠져버렸다. 중얼거리면서도 머리는 절구질을 연방 했다.

"연금 삼백이 나온다며 여자들을 희롱하고 다니는데……."

혼자 히죽거리더니 탁자에 꼬부라지고 말았다. 깊은 한숨을 쉬며, 바다가 오지 않은 것이 다행이라는 생각을 잠깐 했다. 하지만 문 입구에 장승처럼 서 있는 바다를 보는 순간 걱정이 되었다. 계산하고 나니 바다는 이미 보이지 않았다.

　점심때 그 남자를 만난 바다는 광우한테 잘못한 게 있는지 물어보았다. 본 지 오래되었는데 은영과 잘되고 있는지 도리어 남자가 바다에게 광우의 안부를 되물었다. 바다는 남자가 점점 멀게만 느껴졌다. 바다는 남자에게 광우가 할 말 있다고 했는데 바빠서 못 봤다고, 무슨 일인가 궁금하다고 말했다. 남자는 생각이 났다는 듯이 태연하게 말을 했다.

　"아, 취직했다고 술 한잔 사겠다며 나한테도 전화 왔는데……."

　잘되었다고 힘없이 말하는 바다의 눈에는 이제 남자가 보이지 않았다. 사랑의 의지는 서로 진심을 알았을 때 불타오른다. 바다는 광우의 말을 떠올리며 자신이 바람결에 뒹구는 낙엽 같았다고 했다. 한 사람을 온전히 아는 것은 불가능하지만 이제는 놓아야 할 때가 왔다고, 바다는 말했다.

　그래서 미루었던 인도로 떠난다고 했다. 학원 강의는 대학 후배를 후임으로, 은영한테 말하지 않고 원장한테 바로 말했다고 했다. 차와 핸드폰까지 정리해 달라는 걸 보면 긴 여행이 될 것 같았다. 그녀는 그들에게 복수라도 하듯이 아무 말도, 아무런 내색도 하지 않았다. 섭섭하겠다는 내 말에, 그녀는 살아있으면 언제 어디선가 만날 수 있겠지 하며 씩 웃었다. 그때, 모임에 간다고 그 남자가 문자를 보내왔다. 아마 그 폰으로 바다에게 전달되는 마지막 문자일 것 같았다. 그녀는 한 가지 할 일이 남아서 밤에 차와 핸드폰을 집으로 갖다 주겠다고 말하고 서둘러 갔다.

바다는 그 남자가 다니는 법학원에서 힘겹게 알아낸 주소를 가지고 그 남자의 집을 찾아갔다. 모임에 갔는지, 누구를 만났는지는 알 수 없지만 궁금하지도 않았다. 다만 같이 사는 여자를 꼭 한번 보고 싶었다. 바다는 두근거리는 마음을 진정시키고 그 집 벨을 눌렀다. 한 여자가 핼쑥한 정도로 뽀얀 얼굴로 문을 열었다. 단발머리에 굵은 파마기가 있고 쌍꺼풀이 진한 50대 중반의 굉장한 미인이었다. 바다는 이 집이 아니길 바랐다.

"맞는데, 지금 모임에 가고 안 계시는데 어떻게 오셨어요?"

"급하게 전할 게 있는데 전화를 안 받으시기에……."

바다는 서류봉투를 건네면서 그 여자의 얼굴을 뚫어지게 쳐다보았다. 남편에 의해 몇 번이나 죽어야 하는 여자가 가엾어 보였다. 그녀를 괴롭힐 생각은 없었다. 미안한 마음도 들었다.

"누구라고 할까요?"

"조금 아는 사람……."

김 노인의 피댓줄

＊

"또 시작이네. 시작이야. 별것도 없더니만."

동네 이장이 아침부터 소리쳤다. 이장을 두 해 하다가 자의 반, 타의 반 작년에 내어놓은 터라 젊은 이장의 목소리가 더 못마땅하게 들렸다. 성만은 며칠 전 사거리에서 문방구 하는 친구와 함께 건강 검진을 받고 왔다. 마침 아내도 처제 집에 가고 없으니 바람을 쐴 겸 해서 갔다.

대문 앞에서 오토바이 멈추는 소리가 났다. 이 시간이면 집배원이 왔다. 습관적으로 대문 쪽으로 서둘러 나갔다. 농협 이자 독촉장, 농민 신문, 청첩장 등 대개가 그랬다. 오늘은 건강 검진한 곳에서 결과지가 왔다. 위암으로 의심되니 방문을 해달라고 했다. 무슨 황당한 소린가, 따지고 싶은 마음이 울컥 올라왔다. 여든이 넘은 나이에 다리까지 절어 사람들이 우습게 볼까 봐 입성을 깔끔하게 차려 입고 나섰다.

"어르신, 혼자 오셨습니까?"

간호사가 물으면서 난처한 표정을 지었다. 들어가니 대머리에 둥근 금테 안경을 낀, 아들 나이 정도 되어 보이는 젊은 의사가 간호사에게 턱 끝을 올리며 눈짓을 했다. 약간 짜증이 묻어나는 목소리로, 보호자가 오지 않았는지, 간호사에게 물었다. 다음에 다시 오실수 있는지, 눈은 모니터에 박아놓고 성만의 시선을 피해 자꾸 딴청을 피웠다.

"다들 바쁘니 그냥 나에게 말해주면 돼요!"

성만의 우렁찬 목소리에 의사는 놀라서 고개를 들고 머리를 긁적거렸다.

"아, 예. 어르신, 위암인데요…….'

"아무 증상도 없는데 무슨? 턱도 없이! 내가 죽는단 말이요?"

성만은 젊은 의사가 순 돌팔이 같다는 생각이 들었다. 가벼운 콧방귀를 뀌며 입을 실룩거렸다. 의사는 위내시경 사진을 보여주며 설명을 했다. 오백 원짜리 크기의 검은 원이 하나 있는 것 외에 다른 사람과 달라 보이지 않았다. 성만은 혼잣말로 "내가 동전을 삼켰나" 하고 어깃장을 놓았다. 그 말에 의사가 인상을 쓰면서 어이없는 표정으로 한숨을 내쉬었다. 요즘은 워낙 의술이 좋아 말기지만 전이되지 않고 동그랗게 있어 그 부위만 제거하면 된다고 말했다. 대학병원이나 큰 병원에 가서 꼭 수술받기를 거듭 당부했다. 성만의 표정을 살피며 의사는 심각하게 말했다가 가볍게 말했다가를 계속했다. 하지만 성만은 귓등으로 들었다. 오진일 거라는 생각에 별 관심을 나타내지 않았다.

그런데 가족력이 있을 수도 있다는 의사의 말에 갑자기 온몸에 힘이 빠지기 시작했다. 그의 아버지도 위암으로 세상을 떠났기 때문이다. 젊은 의사는 소견서와 사진을 챙겨 건네주며 안쓰러운 표정을 지었다. 머리가 복잡했다. 버스 정류장에서 집까지 삼십 분이면 되는 길을 한 시간이나 걸렸다. 무거운 보따리를 받은 듯이 주저앉았다가 힘겹게 일어서곤 했다.

성만은 집에 들어서자마자 반닫이를 열었다. 병원에서 받은 위내시경 사진을 넣다가 장부를 모두 꺼냈다. 겉표지에 먼지가 앉은 듯 손바닥으로 쓱 닦고 펼쳤다. 속이 메스껍고 신물이 넘어왔다. 오래된 장부에서 퀴퀴한 곰팡내가 배어 나왔다. 성만은 반닫이 안의 눅눅한 공기가 유난히 날카롭게 생긴 코를 자극해 세게 비볐다. 검은색 표지의 금전출납부에는 돈 빌려간 사람, 쌀 꾸어간 사람 외에도 받을 이자 날짜와 금액까지 빼곡하게 적혀 있었다. 동네에서 정미소 집 쌀과 돈을 안 빌려 쓴 집이 없을 정도였다. 다 받은 건에는 빨간 사인펜으로 정확하게 두 줄이 그어졌다. 기계를 새로 사거나 수리한 날짜와 금액까지도, 정미소의 모든 기록이 다 적혀 있었다. 이미 오래된 전설 같은 얘기지만, 이사할 때도 가지고 왔다. 몇 권은 엄청 오래된 것인지 하루에 몇 번씩 보았는지 모서리가 닳아 끝이 피었다.

이사 오기 전, 한때는 밤늦게까지 기계 소리가 온 동네를 흔들었다. 동네 입구 신작로까지 들렸다. 찌든 때로 얼룩진 송판때기에는 방아 찧을 순서가 개미처럼 줄지어 적혀 있었다. 손수레에 싣고 온 나락 가마니가 정미소 안팎으로 볏가리처럼 쌓여 있었다. 가장 바쁜 수확기에는 아예 품을 벼로 받아 추곡 수매를 보기 위해 용달차로 실어 날랐다. 한몫 생기면 동네 유지들을 다 불러 한잔했다. 초등학교 선생님들까지 대접하며 육성회장 면모를 드러냈다. 쌀 몇 가마니를 팔아 교무실 앞 화단에 책을 읽는 소년·소녀 석고상을 세우고 전교 운동장 조회 시간에도 구령대에 올라가 육성회비 인상에 대해 설명하기도 했다. 성만은 아버지가 위암으로 돌아가시자 칠일장을 지냈다. 마치 동네잔치를 방불케 할 만큼 성대하게 치렀다.

산업화 바람이 불면서 이웃 동네 산남 일대에서 공단 조성 사업이 시작되었다. 곧이어 이 동네도 편입된다는 소문이 나더니 기정사실이 되었다. 어떻게 알았는지 사람들은 보상금을 많이 받기 위해 무궁화나무와 감나무, 포도나무를 심고 창고를 방으로 개조하는 등 온 동네가 바빴다. 폐선이 된 배를 수리하여 물에 띄우기도 하고 미역 양식장을 더 넓히기도 했다. 명절 때도 오지 않던 타지에 사는 사람들도 얼굴을 비치고 인사를 했다.

이장과 면사무소에서 나온 사람들이 동네를 휘젓고 조사를 한 뒤

보상금이 나왔다. 시내 전세도 못 얻을 정도로 적은 돈이었다. 그래서 바로 이주하지 않고 동네를 완전히 밀 때까지 버티자는 의견들이 나왔다.

마을은 봉화산이 병풍처럼 둘러싸고 있었다. 산 밑에는 층층이 논과 밭들이 있고 산자락 끝에는 집들이 따개비처럼 붙어 있었다. 해안만은 비 온 뒤 강에 고인 물처럼 언제나 고요했다. 산꼭대기에 올라가 내려다보면 마을은 마치 거대한 우물을 품고 있는 것 같았다. 이런 지형 때문에 이 동네만 오랜 시일이 걸린다고 했다. 높이를 맞추려면 산을 다 무너뜨려 동네를 덮어야만 가능했다. 하지만 공단부지 공사는 하루가 다르게 점점 동네 어귀까지 진행되고 있었다. 탱크가 밀듯이 불도저로 땅을 밀고 메우며 다졌다. 한쪽 끝에는 벌써 철근들이 산처럼 쌓여 있고 큰 덤프트럭들이 쉴 새 없이 먼지를 날리며 다녔다. 이내 산남리와 합쳐 광활한 대지가 생겼다. 공단이 들어서면 공해가 심해서 인체에 해롭다는 말이 돌자 마음들이 더 바빠졌다. 사람들이 하나둘 이주 택지에 집을 짓고 이사를 가기 시작했다.

때마침 부산서 사업을 하는 처제 연주가 돈을 빌리러 온 것도 그 무렵이었다. 성만의 큰딸이 고등학교를 졸업하고 처제 집에서 숙식하며 회사 경리로 일하고 있었다. 연주는 사업이 잘된 덕도 있지만, 성만이네 식구들에게 무척 잘했다. 성만의 선물도 빠지지 않고 챙기고 올 때마다 고기와 조카들의 옷가지를 사 왔다. 근처에서 보기 힘든 유명 브랜드로 우아하게 잘 차려입은 처제를 흐뭇한 시선으로 봤다. 성만의 아내는 딸도 데리고 있는데 당연히 빌려줘야 되지 않겠냐고 말했다. 부도가 날지도 모른다는 말에 그도 어쩔 수 없이 승낙을 했다. 정미소 보상금 이천만 원을 빌려줬다. 돈에 민감했던 성만이 빌려줄 수밖에 없는 또 다른 이유가 있었다.

연주는 젊은 시절에 성만이 좋아했던 첫사랑이었다. 고등학교를 졸업한 해에 군용 트럭에 다리를 다쳐 군대에 못 갔다. 마침 자리가 비어 있는 공민학교에서 교육을 받고 강사가 되었다. 한글을 가르쳤는데 일손을 돕느라 낮에 오지 못한 학생은 야학에서 가르치기도 했다. 말이 선생이지 자기와 같은 또래들이었다. 그중에 언니와 같이 공부하러 오는 여학생이 있었다. 키는 작지만 똑똑하면서도 조용하게 자분거리는 것이 바닷가 여자 같지 않았다. 이 동네 만석꾼 수전노인 김 영감—쇠멘또(시멘트)라는 별명을 가진—의 5남 4녀 중 막내딸이었다. 구두쇠 영감은 아들들은 부산으로 대학까지 보내면서 딸들은 야학에 보냈다.

언니들은 인물이 별로 없지만, 연주는 참한 얼굴에 무엇보다 드세지 않은 품성을 가졌다. 문학에 대한 이야기를 좋아했다. 초겨울 날씨인데도 성만이 땀을 많이 흘리자 연주가 손수건을 내밀었다. 그녀는 시를 무척 좋아한다고 했다. 친구와 쫑알거리는 눈망울이 별같이 빛났다. 수업 시간에도 그녀밖에 보이지 않았다. 주변은 표정 없는 배경일 뿐이었다. 둘이서 수업하는 착각이 들 정도였다. 부끄럼이 많은 연주는 늘 단짝 친구를 끼고 청소를 한다고 교실에 남아 있었다.

어느 날 성만이 용기를 내어 연주에게 수업을 마치고 시를 읽어주겠다고 말했다. 친구는 시를 좋아하지 않는다며 먼저 갔다고 했다. 학교 밑에 있는 동네 정미소로 갔다. 정미소는 온종일 돌았던 원동기 열기가 남아 있어 겨울에도 춥지 않았다. 어둠 속에 길게 자리 잡은 정미소는 듬직한 고래처럼 어슴푸레 보였다. 삐걱거리는 나무문은 쥐가 갉아 먹어 밑을 함석으로 바꿔 놓았다. 벽은 황토에 짚을 썰어 돌과 같이 넣어 담을 쌓았다. 시간이 갈수록 흙이 떨어져 생긴 구멍을 막기 위해 안쪽에다 판자를 대어 놓았다.

정미소 안은 따뜻한 훈기와 함께 고소한 쌀 냄새가 났다. 시꺼먼 괴물 같은 원동기가 한쪽에 있었다. 미처 퍼내지 않은 바닥에 깔린 왕겨 위에 빈 포대를 깔면 부드러운 스펀지 같았다. 연주를 안고 싶은 마음에 천정만 쳐다보았다. 함석지붕 위에는 방아를 찧을 때 먼지와 열이 나가는 개집 모양의 환기구가 있다. 늦은 밤 파도를 훑고 온 색바람이 별을 한꺼번에 쏟아지게 했다. 파르르 심장 떠는 소리가 들릴 것 같았다. 좋아하는 시를 별에 속삭이듯 낮게 암송해 주었다. 검은 전깃줄 끝에 백열등 알전구가 먼지를 덮어쓰고 늘어져 있었다. 그 위로는 얼기설기 놓인 각목 위에 바퀴에서 뺀 크고 작은 피대들이 엉켜 있는 것이 보였다. 발동기 열을 식히기 위해 물통으로 쓰던 네모 난 양철 페인트 통이 발끝에 걸려 넘어지면서 요란한 소리가 났다.

"쥔가? 도둑인가?"

용팔이 아재의 말소리에 성만과 연주는 서로의 입을 틀어막기에 바빴다. 거미줄에 걸린 먼지 뭉치가 무게를 이기지 못하고 떨어져 머리와 옷이 허옇게 되었지만 털지도 못하고 드럼통 뒤로 가서 숨을 죽였다. 잠시 침묵이 흘렀다. 바람 소리가 고래의 휘파람 소리 같았다. 환기구에는 여전히 별만 반짝거렸다.

아재는 그 정미소 머슴으로 일을 하다가 돌아가는 벨트에 소맷자락이 휘감겨 한쪽 팔을 잃었다. 도둑이 자주 드는 정미소를 지키고 잔심부름도 해서 일 년에 쌀 몇 가마니를 받는다고 했다. 아재는 젊은 성만에게 학교 선생이라는 이유로 꼬박꼬박 존댓말을 썼다. 그때마다 성만은 벨트 사고가 자기네 정미소에서 일어났던 일인 것처럼 아재에게 미안했다. 아재는 일찍 잠자리에 드는 편이라 가끔씩 아이들이 밤에 정미소로 쌀 서리를 갔다. 손끝으로 기계에서 파낸 쌀은 껍질이 까지지 않은 미가 섞여 있어 뱉어내곤 했지만, 재미로 가기도 했다.

연주는 기름때로 검게 변한 나무 기둥 쪽으로 갔다. 방앗간은 곡식이 많은 곳이라 도둑 못지않게 쥐들의 천국이었다. 정미소 주인은 구석구석에 쥐틀을 놓아두었다. 긴장했는지 밑에 있는 쥐틀을 못 봐 그만 연주의 발가락이 끼어 버렸다. 성만은 연주의 발을 빼내고 입으로 독을 빨아냈다. 끈으로 발가락을 동여매고 연주를 업고 나왔다.

연주는 성만을 다시 만나기를 두려워했다. 성만은 그런 연주를 보고 안타까움에 가슴이 저렸다. 연주는 수업 후 더는 교실에 남지 않았다. 수업에 나오는 것만으로 다행이라 생각했다. 시간은 발목을 잡힌 것처럼 더디게 흘러갔다.

그 후 집에서 혼인 이야기가 나왔다. 상대는 연주의 바로 위의 언니였다. 다른 제자들과 별반 다른 점이 없는 평범한 사람이었다. 어차피 연주는 어리고 정미소와 농사일을 도울 만큼 튼튼해 보이지 않아 말도 못했다. 면장을 지낸 최 약국 어른의 중매로 모든 것이 일사천리로 진행되었다. 성만은 연주가 바로 옆 동네에 살고, 그녀의 언니와 결혼하면 형부와 처제로 가끔 볼 수 있다는 사실에 스스로 위로를 했다. 결혼과 동시에 정미소를 이어받기로 해서 학교를 그만두었다. 마음은 텅 빈 곳간 같았다. 그날 성만이 집으로 걸어오는 길에는 개미 새끼 한 마리도 보이지 않고 빈 들에 홀로 가고 있었다.

한 달이 지나자 연주가 다시 찾아왔다. 급한 고비는 넘겼고 조금만 더 있으면 완전히 해결될 것 같다고 했다. 큰딸도 집으로 돌아온 걸 보면 회사가 정말 어렵긴 어려운 것 같았다. 연주는 천만 원이 더 필요하다고 했다. 아내와 연주는 묵묵히 있는 성만을 책망했다. 천만 원이 없으면 부도나는 건 뻔하다. 이젠 형부가 좀 먹여 살리면 되겠네. 나는 안 갈란다. 연주는 되레 억지를 부렸다. 성만의 아내도 한 몫 거들었다.

"온 동네가 보상금을 받았는데 천만 원 빌릴 데가 없어요?"

성만은 궁리 끝에 양동생 순천댁한테 빌려서 주기로 마음을 먹었다. 몇 해 전에 이 동네로 들어온 내외인데 서로 형제처럼 지냈다. 정미소와 이장 일을 보고 있는 성만을 오라버니라고 부르며 누이처럼 따랐다. 활달하고 똑똑한 순천댁에게 부녀회를 맡기고부터는 더욱 왕래가 잦았다. 성만도 누이 하나가 암으로 일찍 죽어 동생을 보는 듯, 많은 편의를 봐주었다. 순천댁도 이야기를 듣고 이주하기 전에는 돌려달라며 흔쾌히 빌려주었다. 연주가 밝은 표정으로 돈을 가지고 돌아가자 성만은 무거운 짐을 내려놓은 것처럼 시원했다.

그 후 연주는 소식을 뚝 끊었다. 성만은 궁금해서 여기저기를 수소문해 보았다. 처형들도 연주의 근황을 잘 몰랐다. 돈 때문에 몇 번씩 오더니 결국 부도가 나서 집도 팔고 작은 쪽방으로 이사를 하러 간 것까지만 알고 있었다. 순천댁은 이주 단지에 집을 짓기 시작하던 차에 독촉을 했다. 할 수 없어 성만은 아내에게 처형과 함께 연주 집으로 찾아가 보라고 했다. 몇 군데를 거쳐 겨우 찾아갔지만 돈 이야기는 꺼낼 형편이 못 되었다. 도리어 가진 돈을 다 주고 돌아왔다고 울먹였다. 이야기를 듣고 나니 더욱 대책이 없었다. 자신의 돈은 그렇다 치더라도 순천댁의 돈을 갚아야 한다는 생각에 입맛이 없었다. 이제 순천댁은 노골적으로 불만을 나타냈다.

"처제가 못 갚으면 보증을 선 오라버니가 해 줘야 하는 것 아닙니까? 법으로 그렇게 되어 있다고 하던데요."

날이 갈수록 난리를 쳤다. 친형제 못지않은 사인데 돈 앞에는 별수 없는 모양이었다. 공사업자들의 독촉이 심해 집을 완성하지 못할까 봐 안달이 났다. 결국, 모든 일들이 자신에게로 돌아오자 후회스러웠다. 성만도 분양받은 택지에 집을 지어야 했다. 보상금을 다 받았기 때문에 비켜줘야만 했다. 마지막 날짜가 적힌 최후통보까지 받았다.

성만은 연주에게 말할 자신도 없고, 말해봐야 마음만 아프고 해결이 안 될 것 같았다. 허탈해진 그는 직접 동서가 경비로 근무한다는 곳을 알아내어 찾아 나섰다. 남자들끼리 이야기를 해야겠다고 마음을 먹었다. 그는 연신 죄송하다는 말만 되풀이하면서 농협 대출을 받아 갚으면 자신이 이자라도 부치겠다고 말했다. 무역회사 사장까지 하며 외국을 드나들던 사람이 경비 옷을 입고 아파트 입주민들에게 허리 굽혀 인사를 했다. 점심도 도시락으로 때우려고 하자 안타까워서 자장면을 시켜 같이 먹고 돌아섰다. 성만은 더 서글퍼져서 맘이 편치 않았다. 세상일은 아직도 잘 모르겠다며 자신의 처지가 낫다는 생각에 안도감마저 들었다.

그날 돌아와서 성만은 큰소리를 치며 아내와 말다툼을 했다. 대출

받아 순천댁의 돈을 주고 보니 연주 때문에 자신의 재산 절반 이상이 날아가 버린 셈이었다. 성만의 이름으로 받은 농협 대출금 또한 자신이 갚아야 할 빚이었다. 결국 이자 납부는 몇 번을 넘기지 못하고 중단되어 농협에서 독촉장이 왔다. 성만은 서서히 짜증이 났다. 아내가 처제 집에 가 보았지만 전에 살던 곳에 없었다. 동서가 근무하던 아파트 경비실도 그만두었다고, 다른 이가 전화를 받았다. 돈 이야기만 하면 성만의 아내는 며칠씩 꼼짝도 않고 누워서 속을 태웠다. 청년 시절에 몰래 연정을 품었던 연주지만 성만은 연주가 원망스러웠다.

결국 이사 와서는 하는 일 없고 나갈 돈은 많아 생각할수록 성만은 부아가 났다. 그가 한잔하고 한탄을 하면 아내는 또 일어나질 않았다. 성만은 다시 정미소를 차리기로 마음을 먹었다. 죽기 전에 다시 정미소를 돌리고 싶었다. 인제 와서 뭐 하겠냐, 할 줄 아는 재주는 이것밖에 없지 않은가. 이곳도 원래 농사를 많이 짓던 곳이었다. 많은 농토가 주택지로 들어갔지만 하나 있는 정미소에서는 온종일 기계 소리가 들렸다.

아내의 잔소리에도 아랑곳없이 집 한쪽 귀퉁이에 붙은 나대지를 샀다. 드디어 천막을 뒤집어쓰고 있는 시꺼먼 괴물에게 숨구멍을 열어 주었다. 이사 온 마을에 원래 있던 정미소 주인의 눈치를 보며 기계를 돌렸다. 퉁, 퉁, 퉁 하는 기계 돌아가는 소리가 마치 심장 박동 같아 눈시울이 뜨거워졌다. 신이 나서 그런지 얼굴이 피었다고 처가 놀리기도 했지만, 날이 갈수록 성만이 쉬는 날이 많아졌다. 이 동네도 점점 벼농사를 짓지 않았다. 처음 올 때만 해도 논마다 푸른 물결치던 풍경들이 점차 사라져 갔다. 공단 사람들의 거주 지역이 되면서 시장과 상점들이 들어서고 동네가 분주했다. 외지 사람들을 대상으로 가게를 차려 장사하기 바빴다. 이주민과 정착민들도 공장에 출근하는 사람들이 많아졌다. 성만의 한숨이 늘어갔고 먼지를 날리던 정미소는 먼지를 덮고 엎드려 있었다.

정미소가 수입이 없자 아내는 자기가 하자고 했던 고추 방앗간이나 가래떡 방앗간을 하지 않았다고 말이 많았다.

"요즘 공장에서 일하고 슈퍼에서 쌀 사 먹지, 누가 농사지어 밥 먹고 살아!"

"세월 따라가야지. 정미소만 안고 있으면 쌀이 나오나, 밥이 나오나?"

아내가 아무리 투덜거려도 성만은 정미소를 없앨 생각이 없었다. 아버지 때부터 이어온 가업인 데다 이 정미소가 어떻게 해서 오늘까지 왔는지를 알기 때문이었다.

성만의 아버지는 기장 장안사 절에서 공부하던 인물 좋고 똑똑한 청년이었다. 절에서 만난 그 마을의 제일 부잣집 이 주사의 눈에 들어 정어리 공장의 서기관으로 왔다. 이 주사의 큰딸과 결혼하면서 사

준 방앗간으로 아들 하나, 딸 하나를 얻고 머슴까지 두었다. 공부를 많이 한 덕택으로 동네의 온갖 문서 일을 봤다. 성만은 어린 시절 먹과 벼루를 들고 아버지를 따라다니던 일이 생각났다. 흰 구두, 흰 모시 적삼에 흰 중절모를 쓰고 다니셨다. 공부 잘한다고 대답하는 학생들에게 용돈을 주는 멋쟁이 아버지였다. 성만은 심술이 나서 자랑하는 친구들의 돈을 뺏으려고 싸우기도 했다.

성만의 아버지 때도 작은 동네에 정미소가 두 개가 있었다. 옆 산남리의 들녘과 가까워 논밭이 붙어 있었다. 사람들은 곡식을 지게나 손수레로 실어 나르기 힘들어 가까운 정미소에 갔다. '가는 며느리가 보리방아 찧고 가겠나?'라고 할 정도로 보리 껍질이 쉽게 벗겨지지 않아 힘들었다. 예전에 기계가 없던 시절에 물방아를 찧을 때는 겉보리가 알맹이가 된 상태에 물을 뿌려 섞은 후 껍질을 벗겼다. 몇 차례 도정을 한 후에야 하얀 가루와 함께 따뜻한 온기를 품고 뽀얀 보리쌀이 나왔다. 그러나 성만의 아버지가 그라인더로 바로 깎아주는 마른 보리방아 찧는 기계를 사들여 놓게 되었다. 시간이 단축되자 소문이 나면서 이 동네 저 동네에서 보리를 싣고 오기 시작했다.

콧노래도 잠깐이었다. 농사만 짓는 산남리 입구 신작로에 방앗간을 옮기고 얼마 안 있어 그만 정미소에 불이 나고 만 것이다. 기별을 받았을 때는 이미 지붕과 서까래에 불이 붙어 화마는 지붕 꼭대기에 있는 환기구로 혀를 내밀고 있었다. 마치 그동안의 엔진 열기에 화풀이라도 하듯이 불이 터져 나왔다. 그 정도가 되었을 때는 이미 천장까지 쌓여 있던 보리와 나락은 다 타버린 상태였다. 알곡들은 안으로 서서히 타들어 갈 뿐 불꽃을 밖으로 내놓지 않았다. 누구네 것 없이 일 년 농사가 불에 타는 것을 차마 볼 수가 없었다. 근처 사람들이 속옷 바람으로 뛰쳐나와 물을 퍼 나르고 불을 껐다. 성만 내외는 눈물까지 보태어 물을 퍼부었다. 담 밑이나 구석에 있어 미처 덜 탄 곡식은 건져 냈지만 탄내는 물에 담가도 빠지지 않았다. 누가 불을 질렀는지 온갖 추측이 난무했다. 순경이 와도 증거를 찾을 수 없었다. 그동안 모은 전 재산을 다 날리다시피 했다. 가세가 점점 기울기 시작하면서 머슴도 내보냈다.

　성만의 부모님은 그 후 몇 년 동안 탈곡기를 손수레에 싣고 직접 논밭을 찾아다니면서 탈곡을 해주고 품을 받기도 했다. 오직 정미소를 되찾겠다는 일념으로 밤늦게까지 이를 악물었다. 부잣집 딸인 성만의 어머니는 밤새 앓는 소리를 내곤 새벽이 오면 다시 나가야 했다. 마치 영감이 불을 낸 것처럼 원망하며 한숨으로 나날을 보냈다. 성만의 어린 시절은 남들보다 부유했지만 정미소 형편에 따라 생활이 달라진다는 것을 뼈저리게 느꼈다.

　성만은 부모님의 눈물과 땀이 어린 정미소를 자신이 없앤다는 것을 상상할 수 없었다. 마을이 철거되어 이사를 오면서도 무거운 원동기를 싣고 왔다. 자신을 오늘날까지 지탱하게 해 주고 변함없이 지켜온 분신과 같다는 생각을 했다. 곳간을 가득 채우고 자식을 대학까지 보냈다. 아내 성화에 할 수 없이 고추 방아 기계를 한쪽에 들였다. 가래떡 기계는 정미소 먼지 때문에 같이 하기는 좋지 않았다. 소일거리는 되었지만 형편은 별반 달라지지 않았다. 세상인심이 돈 따라간다고는 하지만 묵묵히 자신 곁에 있는 정미소가 위로가 되고 사는 의미가 되었다. 어릴 때 추억과 청년 시절의 그리움, 자신의 모든 꿈이 정미소에 고스란히 남아 있었다.

그는 휘청거리는 다리에 힘을 주며 정미소로 갔다. 들어서자마자 싸늘하게 식은 시꺼먼 괴물을 손으로 쓰다듬었다. 피댓줄이 끊어져 애를 먹기도 하고 발동기에 시동이 안 걸려 온종일 연장을 들고 씨름을 하던 시절이 아득하기만 했다. 성만은 기계를 손으로 쓰다듬으며 눈으로 공정을 따라갔다.

시동이 걸리자 연결된 줄이 돌면서 서서히 전체가 돌아간다. 나락한 가마니를 풀어 나무로 된 사각 통에 한 확을 가득 넣는다. 모래시계처럼 서서히 줄며 기둥 모양의 승강기 속으로 빨려 들어간다. 나락들이 경쟁하듯 밀려서 홈이 막히기 시작한다. 지휘봉 같은 작대기로 쑤시고 젓는다. 막혔던 구멍으로 수월하게 아래로 내려간다. 나락이 이동 통로를 따라 다시 서서히 위로 올라가서 통에 모이면 두 칸으로 나누어진 홈을 따라 올라갔다 내려갔다 회전하면서 껍질이 한 꺼풀

씩 벗겨진다. 낱알을 한 움큼을 쥐어 손바닥에 펼치면서 수시로 도정의 정도를 확인한다. 됐다 싶을 때 줄을 당기면 롤러를 따라 벗겨진 쌀알이 나온다. 풍로 아가리에서 나오는 쌀을 덕석에 받친다. 위풍당당한 시꺼먼 괴물이 포효할 때마다 밥풀 진주처럼 투명한 알곡이 알알이 쏟아져 나온다. 모든 공정이 마치 악기 연주를 하는 듯하다. 성만은 지휘봉을 들고 익숙한 몸놀림으로 리듬을 탄다. 성만의 얼굴엔 세상을 다 가진 환희에 찬 미소가 가득 번진다.

며칠 전에 연주가 아무 일도 없는 것처럼 왔다. 연주는 옛날 먹거리와 고향이 생각난다며 호들갑을 떨었다. 어디서 무엇을 하다가 왔는지, 식구들은 다 어디 있는지, 물어도 대답이 없었다. 미안한 기색도 없이 먹는 타령만 했다. 돈 받는 일은 포기했지만 하는 짓이 뻔뻔스럽다는 생각이 들었다. 저도 미안해서 그런가 보다 하는 마음에 아무 말도 없이 표정만 살폈다. 뽀얗던 피부는 기미와 검은 반점으로 얼룩져 있고 피곤함에 절어 있었다.

연주가 콧소리로 꼬리를 길게 빼며 자신을 형부라고 부르자 소름이 다 돋았다. 그녀가 애교를 잔뜩 부리며 그렇게 부른 적이 없었다. 연주의 변한 모습을 보고 할 말을 잃었다. 그런 연주가 간다고 하자 아내는 해 줄 게 없다며 김치랑 반찬을 한 보따리 싸서 주었다. 성만은 차비 하라고 돈 봉투를 건넸다. 연주는 그 자리에서 돈을 꺼내 세어보고 활짝 웃었다. 순간 성만은 당황했다. 성만은 자기가 지니고 있던 현금을 다 주었다. 연주가 변해가는 것이 돈을 못 받는 것보다 더 마음이 아팠다. 곱고 순수하던 사람이 뻔뻔스럽고 추하게 늙어가고 있었다. 차라리 나타나지 않을 때가 낫다는 생각이 들었다. 연주가 가고 난 뒤 아내는 누워버렸다.

"허 참, 기가 막혀서!"

생각할수록 속상한지 계속 이 말만 되풀이했다. 며칠 전 동네 아줌마들 모임에서 중국 여행을 가는데 아내가 여비가 적다며 투덜거릴 때도 성만은 모른 체했다. 가보면 살 것도 없고 다 시원찮으니 아무것도 사지 말라며 돈을 조금만 주었다. 그래도 아내는 갔다 와서 누구는 얼마를 가지고 왔느니 무얼 샀느니 온통 그 이야기만 했다. 돈이 있으면서 적게 준 것이 서운하여 밥도 안 주고 누워 있었다.

성만은 눈치도 보이고 다독거리는 것도 지쳐 밖으로 나왔다. 외지에서 공단 사람들이 자꾸 들어오더니 이제는 중국인, 동남아인 등 각국 사람들이 다 보였다. 골목마다 알 수 없는 말을 하는 사람들이 튀어나왔다. 중국 식품점, 월남 식품점이 이런 촌 동네까지도 생겼다. 공단에는 기숙사가 없어 원룸 바람이 불었다. 미처 집을 짓지 못한 빈터에도 금방 원룸이 생겨나기 시작했다. 공터도 모자라 외지 사람들이 허름한 집을 마구 사들여 원룸을 지었다. 동네의 모습이 자꾸 변해 거대한 원룸타운 같았다. 정겨운 촌 동네도 아니고 그렇다고 도회지처럼 아파트 단지도 아닌 어중간한 동네가 되었다. 골목마다 쓰레기는 넘쳐나고 길에서 인사를 나누는 모습도 잘 보이지 않았다. 저녁에 운동하러 집 밖을 나가면 어느 중국의 거리처럼 느껴질 때도 있었다.

아내는 아침나절에 무슨 생각인지 처제의 집에 가 본다며 갔다. 자리를 털고 일어나니 시원하기도 하고 걱정이 되기도 했다. 성만은 힘들게 정미소에 와서 굳게 잠긴 문을 열고 둘러봤다. 천장에는 온통 거미줄이 처져 있고 기계 위에는 비닐 천막이 덮여 있었다. 천막 위에는 등겨 가루가 뿌옇게 쌓여 있고 바닥에도 눈처럼 깔려 발자국이 찍혔다. 벽 사이로 비집고 들어온 햇빛이 칼날 같은 빛을 쏘았다. 성만은 담배를 피우고 연기를 내뿜는 것처럼 깊은 한숨을 내쉬었다. 몸 내부에 있던 모든 고민이 속을 헤집고 올라와 온몸의 맥을 풀어지게 했다. 정미소 처지나 자신의 처지나 같다는 생각에 정미소에만 오면 목이 메었다. 요즘 부쩍 기계를 어루만지며 성만은 "내 갈 때 같이 가자"고 중얼거렸다.

세상이 좋아져서 암 환자 관리를 나라에서 하는지 이번에는 보건소에서 연락이 왔다. 검진한 병원은 병원대로 또 전화가 오자 성만은 아들에게 전화를 걸었다. 검사 당시의 상황과 의사의 말을 전하고 힘들게 일어섰다. 거실 벽면에 쭉 붙은 많은 감사장과 공로패를 보고 헛기침을 했다. 아침마다 자신의 존재를 인식할 수 있는 유일한

낙이고 위안이 되었다. 성만은 어둡던 마음이 밝아지고 환한 표정을 짓더니 얼굴이 펴졌다.

큰방 문을 열고 부모의 영정 앞에 문안 인사를 할 때는 다시 어두워졌다. 한때는 머슴까지 두고 동네 유지로 살았지만 다 지키지 못하고 오늘에 이른 것이 한없이 죄송스러워 고개를 숙이며 중얼거렸다. 세상이 변했지 자신이 변한 게 아니라고. 빠른 세상살이에 한쪽 다리로 가기 벅찬 세월이라는 생각에 애매한 다리를 탓하고 싶었다. 공단에 묻힌 고향이 그리워졌다. 언젠가 텔레비전에서 북한 실향민들의 이야기를 보면서 자신의 처지가 똑같다는 생각에 눈시울이 붉어졌다. 늙으니 눈물도 많다고 아내가 핀잔을 주었다. 시간이 갈수록 모든 것이 그립고 아쉬운 마음이 들었다.

건강검진 결과를 들은 아들이 이모네에서 제 어머니를 데리고 집 안으로 들어섰다. 아들에게도 건강검진 결과가 위암으로 나왔다고만 했지 말기라고는 말하지 않았다. 대학 병원에 가서 다시 검사하고 수술 날짜를 정한다고 했다. 성만은 마침내 결심한 듯 드디어 정미소를 정리하자고 했다.

"이 영감이 죽을 때가 되었나? 그렇게 팔자고 해도 꿈쩍도 안 하더니……."

아내는 자기가 무심코 내뱉은 말에 자신의 입을 막았다. 이미 무용지물이 되어 버린 구식 정미소 기계를 살 사람도 없겠지만 죽기 전에 자기 손으로 처분을 해야겠다는 생각이 들었다. 아들이 정보지와 인터넷에 올려 정미소 터와 기계 살 사람을 알아보겠다고 했다. 성만은 이제 할일이 끝난 사람처럼 맥이 탁 풀렸다.

성만은 청도에 있는 어느 정미소가 기념관처럼 명물이 되어 사람들이 구경을 와서 사진을 찍는 장면을 텔레비전에서 봤다. 성만은 자신도 이제는 기념관으로 남아 있는 정미소와 같은 존재처럼 느껴졌다. 땅은 원룸 업자와 이야기 중이고, 계약이 성사되면 수술비로 쓰면 될 것 같다고 아들에게서 전화가 왔다. 요즘은 시꺼먼 괴물 같은 커다란 원동기 대신 스위치만 올리면 되는 전기를 이용한 소형 모터를 사용한다고 했다. 이제 원동기는 고물상으로 가야 할 것 같다는 말에 성만은 울컥했다. 정미소를 정리해서 자신의 수술비로 들어간다고 하니 할 말이 없었다.

새벽녘에 먼지잼으로 비가 내리다 말았다. 여든이 넘다 보니 수술하다 눈을 못 뜰 수도 있다는 불안감에 잠을 용납할 수가 없었다. 잠을 설친 탓인지 밥이 넘어가질 않았다. 소 혓바닥으로 모래를 씹는 것만 같았다. 성만은 목욕을 하고 부모님 영정에 절을 할 때도 콧물이 나왔다. 식구들은 서로 눈치만 보고 말이 없었다.

병원에 들어서자 아내가 슬며시 성만의 손을 잡고 한 손으로는 등을 쓸어내렸다. 아내의 눈에 눈물이 비쳤다. 아들의 위로 말도 성만의 귀에는 마지막 인사처럼 들렸다. 성만은 자신의 목숨 줄이 마치 방앗간의 피댓줄 같다는 생각이 들었다. 수술실로 들어가 지그시 눈을 감았다. 마취가 시작되자 안개 속으로 아득히 빨려 들어가는 느낌이었다.

그늘지고 어두운 곳에 고향의 정미소 안이 보인다. 묵직한 기계들은 먼지를 뽀얗게 덮어쓰고 있다. 적막한 분위기에 한기를 느낀다. 문이 열리더니 빛과 함께 모시 적삼에 하얀 중절모를 쓴 아버지가 들어오신다. 성만이 놀라서 쳐다본다. 아버지는 소맷자락을 걷어붙이고 큰 원동기 바퀴에 기름칠과 걸레질을 한다. 어찌나 빡빡 닦는지 성만은 자신의 살갖이 따갑다는 느낌이 든다. 그리곤 익숙한 솜씨로 기계 숨구멍에다 물을 철철 넘치도록 붓는다. 아버지는 두꺼운 고무로 된 줄을 바퀴에 걸고 꺾쇠 같은 쇠막대기를 구멍에 끼워 온몸의 힘을 실어 시동을 건다. 크고 무거운 쇳덩어리는 꿈쩍도 하지 않는다. 안타까워 일어나고 싶어 몸을 뒤척거린다. 세 번, 네 번, 아버지는 계속해서 안간힘을 쓴다. 마침내 시동이 걸린다. 시꺼먼 괴물이 허연 입김을 뿜어낸다. 텅, 텅 소리와 함께 전신을 떤다. 이번에는 반대쪽 작은 바퀴에 피대를 건다. 우주 전체가 도는 것처럼 천장에 연결된 모든 줄이 서서히 돌기 시작한다.

작가의 말

  나에게만 의미 있는 글쓰기에서 벗어나고자 간간이 쓴 단편을 정리해 처음으로 창작집을 낸다. 자기실현의 하나로 생각했던 글쓰기, 그 긴 시간의 흔적을 묶어 책을 내겠다고 결정하니 전에 없던 불안감이 찾아들었다. 글이란 돌아서면 후회가 되는 부분이 많이 보인다. 경험과 관찰과 상상을 동원해 소설이라는 갈래에 의탁했으나 더한 용기가 필요했다. 나만의 이야기를 세상에 내놓을 용기와 상식을 넘어설 용기, 비판을 들을 용기까지도.

  이것도 소설이냐? 자전적이냐, 허구냐? 이런 질문을 받으면 나는 당황스럽다. 〈김 노인의 피댓줄〉은 친정아버지의 기억을 소환하는 방법으로 글을 쓰기 시작했다. 지금도 치매 증세로 아버지는 점점 기억을 상실하고 있다. 여든일곱인 아버지께 초고를 읽어드리니까 얼마나 기뻐하시는지, 그것만으로 최소한의 의무를 한 것 같았다. 아버지의 삶이 고스란히 녹아있어 마치 자서전 같은 글이다. 첫사랑 얘기는 엉터리라고 민망하게 웃으셔서 허구적인 요소를 가미했고, 그래서 방앗간이 더 아름답게 보이는 거라고 말씀드렸다. 모든 소설이 그렇겠지만 내 소설도 경험한 그대로를 쓴 게 아니고, 관찰한 그대로를 쓴 것도 아니고, 상상으로 전부 쓴 것이 아니다. 그러므로 이것은 소설이며, 자전적인 허구이다.

내게 여행은 힐링 자체이다. 강사로 일하면서 김밥으로 때우다가 비행기를 타는 순간부터는 휴식이다. 실컷 자고 먹고 영화를 논스톱으로 네 편 이상 본다. 여행은 단순한 호기심이나 일탈 행위가 아니라 삶의 재생 능력을 회복하는 것이다. 어쩌면 여행은 나를 찾기 위한 산책이며, 다시 힘을 내서 살게 하는 비타민이다. 그 힘을 믿고 여행기를 소설화하는 작업을 시작했다. 그러니 소설이라는 틀을 깨고 지금의 트렌드에 맞추어 쓴 것이 아니다.

길 위에서 보낸 시간을 추억하며 소설로 버무리고 보니 일견 여행 소설쯤은 되겠다고 생각했다. 여행이 그러하듯 소설은 무엇보다 재미가 있어야 한다고 생각했다. 책으로 묶고 보니 애착이 가는 글이 있고 못나 보이는 글도 있다. 이제 독자 여러분의 눈 밝으신 판단에 의지하는 처지가 되었다. 이 책에서 반짝거리는 한 문장이라도 발견할 수 있어 위로나 위안이 된다면 이 무거움에서 벗어날 수 있을 것 같다.

오늘의 나를 있게 해주신 친정 부모님과 내 삶의 버팀목인 성민, 상범 두 아들에게 이 책을 바친다.

2021년 가을
삼호 은행나무 정원에서
김윤경

길 위의 시간

초판 1쇄 인쇄   2021년 09월 08일
초판 1쇄 발행   2021년 09월 23일
지은이   김윤경

펴낸이   김양수
책임편집   이정은
교정교열   이봄이

펴낸곳   휴앤스토리
　　　　　출판등록   제2016-000014
　　　　　주소   경기도 고양시 일산서구 중앙로 1456 서현프라자 604호
　　　　　전화   031) 906-5006
　　　　　팩스   031) 906-5079
　　　　　홈페이지   www.booksam.kr
　　　　　블로그   http://blog.naver.com/okbook1234
　　　　　포스트   http://naver.me/GOjsbqes
　　　　　인스타그램   @okbook_
　　　　　이메일   okbook1234@naver.com

ISBN   979-11-89254-61-2 (03800)